बेनीमाधो तिवारी की पतोह

(उपन्यास)

बेनीमाधो तिवारी की पतोह

मधुकर सिंह

वाणी प्रकाशन ग्रुप
भारतीय ज्ञानपीठ
वाणी प्रकाशन : भारतीय ज्ञानपीठ की पुस्तकों के एकमात्र प्रकाशक एवं वितरक

बेनीमाधो तिवारी रिटायरमेंट के बाद शहर का मकान किराये पर लगाकर शान्ति से शेष जीवन व्यतीत करने के लिए ट्रकों पर सारा सामान लादकर लौटे गाँव में तो हलचल हो गयी—यह क्या सूरज पूरब से पश्चिम में उगा। आश्चर्य! पूरा ख़ानदान गाँधी जी का विरोधी। अचानक हरिजन-सेवकाई कैसे उभरी! शहरी तन्त्र का असर होगा। ट्रक रोकवा कर हरिजन टोली में ही उतरे और दोनों हाथ उनने पहले ही जोड़ लिये—''तुमलोगों की सेवा में शेष उमर गुजार दूँगा दुआर पर आना।'' ब्राह्मण-राजपूत टोली में थोड़ी विपरीत प्रतिक्रिया हुई थी। ब्राह्मणटोली का जग्गू पंडित का लड़का नये ज़माने का था, कम्प्यूटर इंजीनियरिंग शहर में पढ़ रहा था, बोला—''यह सब बाज़ारवाद में चलने लगा। पुराने नये का कोई मतलब नहीं है।'' लोगों ने इसका तरह-तरह से अर्थ लगाया। प्रभु की माया! न कोई समझ सका है, न कभी समझेगा। शेष लोगों के लिए अचरज का ही विषय रहा।

फिर ट्रक तिवारी बाबा के दुआर पर ही आकर रुका। बहू दरवाज़े पर कठौती में पानी लेकर आयी, बाबाजी के पाँव पखारे और हाथों में आँचल लेकर तीन बार उनके चरण पर माथा टेका। तिवारी बाबा गद्गद् थे। लोक-परम्परा पर बाज़ारवाद का कोई असर नहीं है। जगुआर का बेटा गुमराह है।

तिवारी बाबा की पतोह जवानी में ही विधवा हो गयी थी। तब से अपने गाँव तिवारीपुर हो आ गयी थी। मायके से सुरक्षा और देखभाल के लिए छोटे भाई रंजन दूबे को बुला लिया था। उन्होंने पहला प्रश्न

जिसमें पगड़ी, दाढ़ी और अँगूठी पहनने की मनाही थी। इनकी जगह पर एक नये तरह की टोपी ईजाद की गयी थी। हिन्दुओं को लगा कि वह टोपी गाय की खाल से बनी थी और मुसलमानों को लगा कि दाढ़ी हटवाने का मतलब उनके धर्म में अँग्रेज़ी-सरकार का दख़ल। कुल मिलाकर दोनों ने इसे ईसाईकरण का मतलब लगाया और भड़क उठे। ये लड़ाइयाँ कम्पनी-सरकार के ख़िलाफ़ स्वाधीनता के लिए जनता का विद्रेह नहीं था, एक वर्ग का था झाँसी की रानी हो चाहे कुँवर सिंह इन्हें अपनी-अपनी जागीर और सल्तनत की चिन्ताएँ थीं।

नरहरि सिंह को जन-भागीदारी की तलाश थी। सन् 1942 के आन्दोलन में भगत सिंह, राजगुरु, सुखदेव की तलाश थी, जिसे ऐसे वर्गों ने भटका दिया। गाँधीजी ने 'अँग्रेज़ों भारत छोड़ो' का नारा दिया। उसके बाद गोरे शासक गये तो काले शासक आ गये। बुनियाद में ये भी वही थे, जो अँग्रेज़ थे। सब कुछ सत्ता-परिवर्तन का खेल था।

इस इतिहास ने तिवारीपुर को भी पूरी तरह प्रभावित किया और यदु सिंह और बेनीमाधो तिवारी के बीच वर्चस्व की लड़ाई ख़ानदानी रही है। 1857, 1942 या फिर स्वाधीनता की लड़ाई, यह तो तरह-तरह के सामाजिक बहाने हैं। मूल और बुनियाद है दोनों के बीच जातीय और आर्थिक वर्चस्व की लड़ाई। उसी नरहरि सिंह का पोता और यदु सिंह का बेटा है रंगीला सिंह, जो उत्तर आधुनिक होकर मालामाल हो रहा है, जो बेनीमाधो तिवारी को नहीं सुहाता है। ये भी छोटे खिलाड़ी नहीं हैं। शहर में रहकर ग्लोबल संस्कृति और बाज़ार को देखा समझा है। मन्त्रियों और नौकरशाहों को क़रीब से परखा-समझा है। अपने विभाग में उनके करीब होकर अकूत माल बटोरा है। अपनी होती में दस एकड़ ज़मीन तिवारीपुर में बढ़ायी है। बेटा जीवित होता तो वह भी नयी कमाई का आधार बनता। उसे सीधे राजनीति में झोंक देते। यदु सिंह की हेकड़ी आँखें फाड़-फाड़ ताकती रह जातीं। बहू को सीधे राजनीति में उतारना बुद्धिमानी नहीं होगी। इसका भाई है रंजन दूबे, वह भी तो अपना वंश नहीं है। समाज-

सुधार और जनता की सेवा ही एकमात्र रास्ता है। दलित-पिछड़ों के बीच काम किया जाए तो यदु सिंह के गुमान को परास्त किया जा सकता है। यही सब मन्थन उनके भीतर चल रहा था कि पंचायत का मुखिया हरिहर यादव उनके दुआर पर आया और बोला, "बाबा, हमारी पंचायत में कोई पिछड़े-हरिजन में महिला पढ़ी-लिखी नहीं है।"

बाबा कुछ-कुछ ललचे। यह मुखिया ज़रूर कोई सपने लेकर आया है, पूछा, "कोई मास्टरनी की जगह खाली है क्या?"

"मास्टरनी की बाबा नहीं", उसने कहा, "आँगनबाड़ी सेविका की बहाली है। कोई मिल नहीं रहा है। आपकी पतोहू बी.ए. पास हैं। चुपचाप घर में पड़ी रहती हैं। उनका भी मन बहल जाएगा। गाँव की लड़कियों का भला हो जाएगा।"

बाबा इस खबर से ज़्यादा उत्साहित नहीं हुए। कहने लगे, "हरिहर राउत सुनता हूँ आँगनबाड़ी सेविकाओं को मानदेय समय पर नहीं मिलता। उनका बड़ा शोषण है। सरकारी अधिकारी खा-पका जाते हैं। शहर में रोज धरना-प्रदर्शन देखता था। भले घर की लड़कियों के लिए यह नौकरी ठीक नहीं है। अख़बार उलटकर देख लो।"

हरिहर यादव उत्साही नौजवान था। बड़ा निर्भीक, बोला, "बाबा, एक बात कहूँ तो आप कहेंगे बहुत बोलता है। तब उनके इतना पढ़ने-लिखने का क्या मतलब है? आपका इतना बड़ा मकान है, दो कट्ठे में आँगन है। इस समय छूत-छात की बीमारी नफ़रत की हद तक है। किसी हरिजन के आँगन में किसी ऊँची जाति की लड़की को खिचड़ी खाने दिया जाएगा?"

"लेकिन मुखिया बेटे", उन्होंने कहा, "तब मेरी टोली से आवाज़ उठेगी, फलाँ की बहू धर्मभ्रष्ट है। आँगन में ब्राह्मण और हरिजन साथ बैठकर खाते हैं। उस वक़्त किसके मुँह लगोगे?"

"सही है। सामाजिक असमानता हमारे विकास में सबसे बड़ी रुकावट है।" उन्होंने हरिहर यादव को समझाया, "चिन्ता मत करो।

इनका रुख़ कब हमारे ख़िलाफ़ कैसा हो जाए। जिस मक़सद से आया था, असली बात तो उसने कही नहीं। अगर तिवारी बाबा सुन लेते तो उसके प्रति अपना सारा 'ओपिनियन' ख़राब कर लेते। उसने कहा, "आपका आवेदन रिकोमेंड करके सही जगह पहुँचा दिया है। हालाँकि, बहुत सारे दरखास्त पूरी पंचायत से पड़े हैं। लेकिन होगा आप ही का।"

बहू बात काटकर पूछने लगी, "यह कैसे मालूम कि मेरा ही होगा।"

"मुखिया जिसको चाह देगा, अमूमन उसी का होता है। और मैंने आपको चाहा है।"

बहू को चाहना शब्द बहुत मीठा लगा। देर तक घर बुहारने के बहाने भीतर-भीतर रस लेती रही। इस गप्प के बीच ही तिवारी जी भी आ गये। वो कुछ पूछते इसके पहले ही हरिहर ने दाग दिया, "पाय लागी, बाबा।"

"खुश रहो, बचवा।" पूछा, "क्या हाल है हो हरिहर मुखिया?"

"हाल सब तो ठीक ही है, बाबा!" उसने साफ़ बता दिया, "आँगनबाड़ी सेविका में इन्हीं का होगा। मैंने अकेला इन्हीं का नाम रिकोमेंड किया है। अकेली इन्हीं में सभी योग्यताएँ हैं।"

बहू चुपचाप खड़ी होकर उसके शब्दों पर ग़ौर कर रही थी। तिवारी जी नहीं होते तो पूछती, उसमें और कौन-कौन-सी योग्यताएँ हैं। मगर लोकलाज का भय है। नारी की निर्भीकता बदचलनी का सबूत है गाँव में। हरिहर ने उसके मन को गुदगुदा दिया है। उसने उसे अगर दिल से चाह दिया तो गाँव के लिए सातवाँ आश्चर्य होगा। बहुत पहले भिखारी ठाकुर की किताबें माँगकर पढ़ती रही है। सबसे ज़्यादा पसन्द उसे उनका 'गबरघिचोर' नाटक आता है। अब तो विधवा होने के बाद उसके सारे सपने मर गये हैं या मार दिए गये हैं। कुछ पढ़ने की इच्छा भी होती तो यह श्वसुर इतना ज़ालिम था कि शहर में अख़बार तक देखने नहीं देता था। पढ़ने के लिए कुछ माँगने पर गीता-रामायण सामने रख देता। उपन्यास-कहानी में मन रमाती तो यही

ज़ालिम श्वसुर डाँट देता कि यह सब पढ़ना तुम्हारे लिए जुर्म है। पता नहीं, आज इसकी नीयत को क्या हो गया है कि इतना उदार है। शहर में थोड़ी भी छूत होती तो आज किसी सरकारी स्कूल में शिक्षिका होती। वहाँ बहक नहीं जाऊँ, इसलिए अशिक्षा, जहालत और भूख के बीच गाँव में डाल दिया गया। उसी श्वसुर की उदारता से बहू को खुद अचरज है। वह उठकर वहाँ से अपने कमरे में आ गयी और लेटकर अनाप-शनाप सोचती रही। हरिहर के जाने के बाद भी वह इसी तरह अन्यमनस्क रही। उसने मन ही मन एक कविता रच डाली—

श्वसुर जी, श्वसुर जी
काहे भीतर से असुर जी
आपकी उदारता मेरा श्राप
आपकी पोथी में बहुत बड़ा पाप

तिवारी जी के प्रति मोह होने की बजाय नफ़रत भरने लगी। उन्होंने उसे अभी तक विधवा क्यों रखा क्या अपने सुख के लिए? सेवा कराते-कराते एक दिन कहेंगे—हमारे धर्म में विधवा-विवाह वर्जित है। आओ, बहू मेरे साथ बिस्तर पर सो रहो। तब इस हरिहर के साथ कहीं भागकर मन्दिर में ब्याह करने में कैसा पाप है?

तिवारी जी ने पूछा, ''रसोई तैयार है बहू? मुझे जल्दी बीडीओ ऑफिस एक काम से निकलना है हरिहर के साथ।''

रसोई में पालथी लगाकर बैठ गये थे वे। बहू बोली, ''अभी आयी बाबूजी।''

वह जल्दी-जल्दी थाली लाकर उनके सामने रख गयी। रसोई पाते हुए वे बोले, ''दिनभर निठल्ला मन नहीं लगे तो आलमारी की कितबों और पत्रिकाओं में मन लगाया करो। यह लो अलमारी की चाभी।'' उन्होंने चाभी उसके सामने फेंक दी।

वे सीधे छड़ी टेकते हुए हरिहर के घर गये और फ़ौरन ही बीडीओ

ऑफिस की ओर मुड़ गये। उन्हें साथ देखकर बड़े बाबुओं को ही नहीं, अहीर टोली के लोगों को भी अचरज हो रहा था।

वे बीडीओ से मिले तो उन्होंने अब तक गाँव की समस्याओं को जैसा समझा था, उसे बीडीओ के सामने रखा। उसने जानना चाहा, "तिवारी जी, आपके पिताजी के बारे में पहले से जानता हूँ। मुखिया हरिहर यादव जी आपका जिक्र करते रहते हैं। आप पहले किस विभाग में थे?"

"मैं पहले आबकारी विभाग में था। वहीं से ट्रांसफर कराकर वित्त विभाग में आ गया। वहीं से रिटायर करने के बाद सीधे गाँव चला आया हूँ। सोचा है, आपके सहयोग से गाँव में कुछ नया करूँ?"

"अच्छी बात है।" बीडीओ ने कहा, "आप अपनी योजनाएँ सरकार को दें। उसे अग्रसारित करना मेरा काम है। अब बीडीओ को पावर ही कहाँ है। सारा पावर प्रखंड प्रमुख को है। हम तो केवल उनके आदेश को एक्सेक्यूट करते हैं।"

तिवारी जी कहने लगे, "एक जमाना था कि बीडीओ ही गाँवों में सर्वेसर्वा था। सारा विकास का काम बीडीओ के ही ज़िम्मे था। मैं फ़िलहाल यह चाहता था कि हमारे तिवारीपुर में बिसरा के बाग़ में तड़बन्ना के भीतर जो अपराध चलता है, उसे ध्वस्त किया जाए।"

बीडीओ कुछ सोच में पड़ गया। लम्बी साँसें खींचते हुए वह कहने लगा, "विचार तो उत्तम है तिवारी जी, मगर जिसके हाथ में पोलिटिकल पॉवर है वही ईमानदारी से चाहे तो कुछ हो सकता है। अब तो नये कानून में कार्य करने का सारा अधिकार पंचायतों को दे दिया गया है। आपकी पंचायत के यादव जी चाहें तो कुछ भी कर सकते हैं। है कि नहीं, यादव जी!"

हरिहर ने समर्थन में सिर हिला दिया। मगर बोला, "रंगीला सिंह की पहुँच विधायक और मन्त्री तक है। उसको पंचायत चुनाव में मैंने हराया है। तभी से वह मुझसे खार खाये रहता है। वह इस ताक में है कि मुझे किसी मामले में फँसाकर जेल भेजवा दे।"

"तब क्या गाँव जिस परिस्थिति में है, उसी परिस्थिति में रहे?" तिवारी जी झुँझलाकर बोले।

"विकल्प क्या है?"

"विकल्प है जन-आन्दोलन", बीच में बीडीओ के मुँह से निकल गया। हालाँकि, उसे यह बात नहीं बोलना चाहिए था। लेकिन बोल गया। नया खून था। पहली पोस्टिंग थी। विचार में ताज़गी थी। वह बोलता रहा, "देखिए, रोजगार-गारंटी योजना को लेकर कल से मालेवालों का धरना-प्रदर्शन है। अभी से हमारा पसीना छूट रहा है। सरकारी पार्टी के लोग भी हमारी मदद में सामने नहीं आएँगे। खाली अख़बारों में बयानबाजी करेंगे।"

तीनों के बीच कुछ देर के लिए सन्नाटा तन गया।

इस बीच रंगीला सिंह बिना सूचना के अन्दर आ गया। बीडीओ उसे देखते ही खड़ा हो गया और भयभीत हो दोनों हाथ जोड़ लिया, "कोई आज्ञा है?"

"आज्ञा होती तो सीधे प्रमुख को बुला लेता।" उसने निकलने के पहले कहा, "ग्रामीण मन्त्री जी औचक निरीक्षण में पहुँचने वाले हैं। उनके सम्मान में बाबूज़ी ने भोज आयोजित किया है। घूमते-फिरते चले आइएगा तब तक तिवारी बाबा से बतियाइए।" रंगीला सिंह निकल गया।

थोड़ी देर बाद तिवारी जी और हरिहर भी साथ ही उठ गये। बीडीओ भी उनके पीछे निकला। "क्वार्टर पर थोड़ी देर रहूँगा आपकी बहू का आवेदन डीडीसी को चला गया है। इस सरकार में कुछ भी असम्भव नहीं है। हम सभी अनिश्चय में जी रहे हैं।"

बीडीओ अपने क्वार्टर में जल्दी घुस गया। तिवारी को लगा कि उनका बहुत कुछ बीडीओ के पास छूट गया है, जिसे खोकर लौट रहे हैं।

सुनन्दा को गीता-रामायण के अलावे कुछ भी पढ़ने की आज़ादी मिली हुई थी, वह पूरी आलमारी को चाट जाना चाहती थी। मगर

कहानी-उपन्यास एकदम नहीं थे। कुछ पत्रिकाएँ थीं, उसी में ऐसी पत्रिका मिली जो स्त्री-अधिकार पर थी। सुनन्दा उसी में रातभर डूबी रही।

समाज हमेशा रूढ़िवादी होता है। वह तभी बदलता है, जब उसे बदलने के लिए दबाव डाला जाता है। ऐसे दबाव जब भी डाले जाते हैं, पुरातन और नवीन के बीच हमेशा संघर्ष छिड़ जाता है। इसलिए कानून की सहायता लेनी पड़ती है। तभी कोई बुराई ख़त्म की जा सकती है। अँग्रेज़ों की कम्पनी सरकार ने सामाजिक बुराइयाँ रोकने के लिए छः कानून बनाये, इनमें पाँच कानून 1857 के विद्रोह के पहले बनाये और बाद में 1860 में छठा कानून बना, जो स्त्री के यौन-उत्पीड़न और बलात्कार रोकने के लिए था। विद्रोह के पहले के कानून इस प्रकार थे—

1. बंगला रेगुलेशन XXI (1795) जो बनारस प्रान्त में ब्राह्मणों के "कुर्रा" प्रथा को रोकने के लिए था, जिसमें वे अपनी स्त्री की हत्या कर देते थे। वे कानून के दायरे से बाहर थे। इस कानून के तहत ब्राह्मण को मृत्युदंड के दायरे में लाया गया।

2. 1802 का रेगुलेशन VI धर्म के नाम पर मासूम बच्चे की बलि देने की प्रथा को रोकने के लिए था।

3. 1829 का रेगुलेशन XVII सती प्रथा को रोकने के लिए था, जिसमें हिन्दू अपनी विधवा स्त्री को ज़िन्दा जला देते थे।

4. जाति-निर्योग्यता निवारण अधिनियम XXI (1880) यह सेक्शन-9, रेगुलेशन VII (1832) का विस्तार था। यह कानून दलितों के हित में था।

5. हिन्दू विधवा पुनर्विवाह अधिनियम XV (1856) हिन्दू विधवा पुनर्विवाह को न्यायिक मान्यता प्रदान करने के लिए था।

ब्रिटिश-सरकार के उन समाज-सुधारक कानूनों को ब्राह्मण-व्यवस्था ने सीधे धर्म में दख़ल समझा। 1857 में बंगाल आर्मी के विद्रोह के मूल में समाज-सुधार की यही चिनगारी थी। इसकी चिनगारी लॉर्ड

डलहौजी की विलय-नीति थी। इस नीति के तहत सतारा, जैतपुर, सम्भलपुर, उदयपुर, झाँसी और नागपुर की रियासतें अँग्रेज़ी-राज में विलय कर ली गयी थीं। झाँसी पेशवा आश्रित राज्य था। वहाँ राजा गंगाधर विलासी और अत्याचारी राजा था। उसके पूर्वज कम्पनी-सरकार के वफ़ादार थे। कम्पनी सरकार ने रानी को पाँच हज़ार महवारी पेंशन तक कर दी। रानी ने पेंशन लेने से इन्कार कर दिया और एलान किया कि "मैं झाँसी नहीं दूँगी।" सभी राजा अपनी रियासतों में सत्ता चाहते थे। इसलिए राजाओं ने विद्रोह कर दिया।

सुनन्दा ने इस दस्तावेज़ को कई बार पढ़ा। जैसे उसे कोई निधि मिल गयी हो। उसने तिवारी जी को पढ़कर बताया तो उन्होंने उसे समझाया, "देख बेटी, ये सब झूठी बातें हैं। ब्राह्मणों की महिमा को कलंकित करने के लिए अनर्गल बातें लिखी जा रही हैं। यह सब विधर्मियों और नास्तिकों का काम है।"

"लेकिन बाबूजी", सुनन्दा ने हिम्मत बटोरी, "सती-प्रथा, मासूम बच्चों की हत्या, अपने सुख के लिए जवान विधवा का विवाह नहीं करना कहाँ तक उचित है।"

तिवारी जी का माथा ठनका। इसके मन में पुनर्विवाह की बात तो नहीं आ रही है? अगर पढ़ने से फिर मनाही करता हूँ तो विद्रोह पर उतारू हो सकती है। उन्होंने पूछा, "एक बात सच-सच बता, बेटी?"

"कहिए बाबूजी?"

"मेरे आने के पहले कोई नौजवान घर पर आता था क्या?"

"पड़ोस के रामलाल जी का बेटा तब रंजन के साथ आता रहता था। मुझसे उनकी कोई दूसरी बात नहीं होती थी। एक बार उसने कहा था, भाभी आपका मन गाँव-घर में अकेले लगता है?"

"तब तुमने क्या जवाब दिया उसे?"

"मैंने उनसे यही कहा कि बबुआजी, बेटी जाति की ज़िन्दगी तलवार की धार होती है। अब से आप मेरे घर कभी मत आइएगा। मेरी चिन्ता की जिम्मेदारी मेरे श्वसुर की है। तब से वह आज तक

नहीं आया।"

यही बातें चल रही थीं कि हरिहर की आवाज़ उनके कानों से टकराई, "बाबा घर में हैं?"

"आओ हरिहर राउत, आओ। क्या समाचार है!"

"समाचार ठीक ही है।" वह अन्दर आते ही सामने की कुर्सी पर बैठ गया। "इनकी नियुक्ति आँगनबाड़ी सेविका में हो गयी है। यह लीजिए बहाली की चिट्ठी।" उसने चिट्ठी उनकी ओर बढ़ा दी। उन्होंने चिट्ठी बहू की ओर बढ़ा दी। वह पढ़ते हुए बोली, "मुझे तो तीन दिनों के अन्दर ज्वाइन करना होगा।"

"यह सब हरिहर के कारण हुआ है।"

"नहीं बाबा, यह सब इनकी योग्यता पर हुआ है। गाँवों में बी. ए. पास लड़की कहाँ मिलती है।"

अपने बारे में लड़की कहना सुनन्दा को बहुत अच्छा लगा था। फिर हरिहर विस्तार से बताने लगा, "सिर्फ बीडीओ ऑफिस में इन्हें योगदान के लिए जाना होगा। इसके बाद घर पर ही सारी सामग्री आ जाएगी। दोपहर का भोजन तैयार करने के लिए एक औरत बहाल कर लेंगी। उसका खर्च सरकार देगी।"

"कलम-किताब-स्लेट कौन देगा?"

"मैंने बताया न, सारी सामग्री मुफ़्त में मिलेगी। बहुत सेविकाएँ तो अनाज बेच देती हैं।"

"ऐसा भी होता है?" तिवारी बाबा ने माथा पीट लिया।

बहू बोली, "मैं तो ईमानदारी से करूँगी। काहे बाबूजी?"

"हमें जीने-खाने के लिए ईश्वर ने अपार सम्पत्ति दी है।" तिवारी बाबा ने कहा।

तीसरे दिन तिवारी जी चुपचाप बीडीओ के ऑफिस पहुँचे और योगदान कराकर बहू के साथ लौट आये। वह ख़बर बिजली की तरह फैल गयी। रामलाल तिवारी ने जगहँसाई करा दी—बेनीमाधो को

रिश्वतखोरी से धन की लिप्सा नहीं मिटी तो पतोह से नौकरी कराकर जात-बिरादरी की नाक कटवा दी, वह भी विधवा से? आग लग जाए राँड-बेवा की कमीनी में। सुन-सुनकर माथा खौल गया। वे रामलाल तिवारी के दरवाज़े पर बेतरह चिल्लाने लगे, "बेटा, तड़बन्ना में ताड़ी पीता है, दूसरे की बहू-बेटियों से छेड़खानी करता है तो जात-बिरादरी की नाक नहीं कटती क्या?" सुनते ही रामलाल तिवारी बन्दूक लेकर बाहर निकले, "कलेजा है तो हो जाए दोनों तरफ़ से फायरिंग।"

लेकिन पड़ोसियों के हस्तक्षेप से मामला शान्त हो गया। दोनों के बीच शीतयुद्ध का सिलसिला शुरू हो गया। तब भी रामलाल के बेटे शंकर का मन सीमा पार गरम रहा। कहता फिरता, 'मिल जाए उसकी पतोह रास्ते में कहीं तो उसकी छाती सरेआम पकड़ लूँगा। मचेगा महाभारत तो देख लेंगे।'

उन्हें अपने धन बल का गुमान है तो मुझे भी अपने जन बल पर गुमान है। शंकर अकेला नहीं है, चार भाई हैं। वह बदचलन औरत है। अपने भाई को भेजकर मुझे बराबर बुलाती रही है। मगर मैंने उस राँड-बेवा की तरफ़ उलटकर कभी नहीं देखा।

उस रात सुनन्दा भारी द्वन्द्व में रही। उसने मन में ठान लिया, शंकरवा से उसके कुवचन का बदला लेकर रहेगी। परन्तु बेनीमाधो कहाँ माननेवाले थे। बदले की आग में जलते रहे।

गाँव में उसी दिन से पार्टीबन्दी शुरू हो गयी। ब्राह्मण टोली में दो-तीन घर छोड़कर प्राय: सभी रामलाल तिवारी के साथ हो गये। रंगीला सिंह का विरोध करने पर अधिकांश राजपूत बेनीमाधो तिवारी के खिलाफ़ थे, वे रामलाल तिवारी के पक्ष में हो गए। पिछड़ों-हरिजनों की जमात बेनीमाधो के साथ वचनबद्ध हो गयीं। इस तनाव का असर आगामी विधानसभा चुनाव पर पड़ा और इस बार भी जाति का उम्मीदवार बाजी मार ले गया। सवर्ण जाति तिवारी पर खुश थी जबकि तिवारीपुर नान्ह-रेआन के हाथ जाने से बच गया। हारा उम्मीदवार यदु

सिंह का रिश्तेदार था और कम्युनिस्ट पार्टी का उम्मीदवार रतनपुर का श्रीराम सिंह जीत गया था। गाँव-जवार के लिए नहीं, पूरे जिले के लिए यह अचरज की बात थी।

एक दिन श्रीराम सिंह विधायक अपने कम्युनिस्ट कार्यकर्ताओं के साथ राजपूत टोली से होते हुए ब्राह्मण टोली में बेनीमाधो तिवारी के दुआर पर पहुँचा तो सारा तिवारीपुर चकित था। इससे ज़्यादा चकित था कि हरिहर यादव मुखिया भी उसके साथ चल रहा था। राजपूत टोली में यह बात फैली कि बेनीमाधो तिवारी का खासमखास हरिहरवा कोइरी विधायक को रंगीला के दुआर की ओर से जान-बूझकर लिवा गया है। रंगीला सुन-सुनकर ताड़बन्ना में फुँफकार रहा था और बेनीमाधो तिवारी को पतोह और हरिहर यादव को जोड़कर भद्दी-भद्दी बातें बोल रहा था। तिवारी जी सुन-सुनकर करैत साँप की तरह छटपटाकर ऐंठ जाते थे। बहरहाल, गाँवों में तनावों के किसिम-किसिम के कारण होते हैं। हालाँकि, उनमें कहीं सच्चाई और यथार्थ नहीं होता, बुनियाद में ईर्ष्या होती है। हरिहर मुखिया कहीं से चरित्रहीन नहीं है। हरिहर से बातचीत में सुनन्दा को अनायास दुनिया की खुली हुई खिड़की से हवा की ताजगी मिलती थी। मगर जाति-वर्ग का मनु-संस्कार गाँवों में आज भी ज्यों-का-त्यों है। इस संस्कार की भड़ास एक-दूसरे से ईर्ष्या, चुनाव और सम्पत्ति के सवाल पर ही फूटती है।

श्रीराम सिंह विधायक से हरिहर को राजनीतिक चेतना मिलती थी। अब वह किसान-सभा, मज़दूर संगठनों का मतलब समझने लगा था। तिवारी जी उसकी क्रियाशीलता से प्रसन्न थे। कारण कि रंगीला से बदला लेने का हरिहर मुखिया माध्यम बनेगा। अन्य गाँवों की तरह तिवारीपुर में भी वसंतोत्सव पर सरस्वती-पूजन का धूम-धड़ाका रहता है और सांस्कृतिक कार्यक्रम के नाम पर भौंड़े डांस और अश्लील गीत चलते हैं। इस साल रंगीला सिंह के सहयोग से रातभर रंडी नचाने का कार्यक्रम था। गाँव का सभ्य समाज इसके विरोध में था। मगर रंगीला सिंह की रंगदारी के कारण कहीं आवाज नहीं सुनायी पड़ती

थी। बेनीमाधो तिवारी ने विरोध का नेतृत्व स्वयं सँभाल लिया। उनके भीतर सांस्कृतिक मानस कम, बदले का मानस ज्यादा मुख था। उन्होंने हरिहर मुखिया का बल स्वतः ओढ़ लिया था। जब-तब वे मुखिया की हैसियत में भी अपने को पेश करने लगे थे। कोई इसकी जानकारी हरिहर यादव से लेना चाहता तो हरिहर भी स्वीकार कर लेता यह अधिकार मैंने ही तिवारी बाबा को सौंप रखा है। उसने तिवारी जी से कहा, "बाबा, आप सरस्वती-पूजा के दिन सांस्कृतिक कार्यक्रम की चिन्ता नहीं करें। उसकी सारी व्यवस्था विधायक जी ने करा दी है।"

"संस्कृति-कर्म के ये कैसे लोग हैं?" बेनीमाधो तिवारी ने पूछा।

"हमारे जिले की नामी-गिरामी संस्था है 'युवानीति'। 'युवानीति' के कलाकार भगत सिंह के जीवन पर नाटक खेलेंगे। हमें अलग कहीं इस कार्यक्रम की व्यवस्था करनी होगी, जहाँ गाँव-जवार के स्त्री-पुरुष साथ बैठकर नाटक देख सकें?"

तिवारी जी ने प्रश्न किया, "औरतें भी देखने आएँगी?"

"इसमें हर्ज क्या है?" हरिहर मुखिया ने उन्हें समझाया, "हमलोग अपने दुश्मनों से सजग रहेंगे। हमारी किसान-सभा के मजदूर-किसान, नौजवान-छात्र सुरक्षा में खड़े रहेंगे। मगर बाबा, यह इन्तजाम खुले मैदान में हो, जहाँ गाँव-जवार से लोग आ सकें।"

"मेरे खलिहान के पास जो ज़मीन है, वह अभी परती है।"

उनकी बात अभी पूरी नहीं हुई थी कि बीच में मुखिया ने लोक लिया और उल्लसित होकर बोला, "बस, बस बाबा! मुझे ऐसी ही जगह की तलाश थी। हमें वहाँ मंच और दर्शकों के लिए दरी-बिछावन, कुर्सी-टेबुल और चौकियों की व्यवस्था करनी होगी। 'युवा नीति' के कलाकार एक दिन पहले आ जाएँगे। बस, हमें रंगीला सिंह के गुंडे-लंपटों से ख़बरदार रहना होगा।"

बेनीमाधो तिवारी भीतर से थोड़ा सहमे-डरे लगे, कहा, "मगर बेटा हरिहर, औरतों को वहाँ न बुलाओ तो अच्छा है।"

कि विधायक कोटे से 25 लाख की लागत से तिवारीपुर में सांस्कृतिक भवन का निर्माण कराएँगे, जिसमें एक बड़ा सभा हॉल, पुस्तकालय और वाचनालय भी जुड़ा रहेगा। युवाओं में खेलकूद की रुचि को बढ़ावा देने के लिए इनडोर और आउटडोर खेलों की व्यवस्था रहेगी, बशर्ते कि तिवारी जी इसके लिए ज़मीन मुहैया करा दें। उस भवन के संरक्षण-संचालन का पूरा कार्यभार सुनन्दा जी पर होगा।

बेनीमाधो तिवारी सुनकर गद्‌गद् थे। उनसे ज़्यादा खुशी सुनन्दा को हुई कि उसे खुले वातावरण में दुनिया को समझने का मौक़ा मिलेगा। भुनेसर महतो के नेतृत्व में कलाकारों ने अपने इस गीत से अपने कार्यक्रम का शुभारम्भ किया—

जनता के आवे पलटनिया त
हिलेला झकझोर दुनिया...।

गायकों के साथ दर्शक भी गाने लगे। सुनन्दा भी गुनगुनाई तो उसके साथ औरतों के कंठ भी फूटे। पुरुषों के लिए अचरज और चौंकानेवाली घटना थी कि औरतें भी पुरुषों के स्वर में स्वर मिला रही हैं। नाटक के अन्तर्गत भगत सिंह को फाँसी की सजा की ख़बर मिलती है तो वे इन्कलाब ज़िन्दाबाद के नारे लगाते हैं। दर्शक भी उनके साथ 'इन्कलाब ज़िन्दाबाद' के नारे लगाने लगते हैं। पूरा माहौल जोशीला है। सुनन्दा को पता नहीं कहाँ से बल आ गया कि वह नारे लगाती हुई खड़ी हो जाती है और दोनों मुट्‌ठियाँ कसे बाँहें हवा में लहराती है और उसके पीछे दर्जनों महिलाओं का समूह रंगकर्मियों के साथ मंच के चारों ओर घूमने लगता है। भुनेसर महतो तो भगत सिंह की भूमिका में था, मंच में उछलकर लाल झंडे के पास उनके आगे तमाम रंगकर्मियों के साथ आ जाता है। सुनन्दा भी उसके समानान्तर हो जाती है और दोनों जुलूस का नेतृत्व करने लगते हैं। उस समय दर्शक और रंगकर्मियों में भेद करना मुश्किल था। उनका जुलूस गाँव की गलियों से गुज़रता हुआ बड़ी तेज़ी से रंगीला सिंह के दरवाज़े की ओर बढ़ता

जा रहा था, जैसे ऐसा दृश्य पूर्व नियोजित हो। लेकिन यह सबकुछ स्वतः स्फूर्त था। रंगीला सिंह के शामियाने से लम्पट-गुंडे घिरने के भय से भागने लगे थे।

सम्पूर्ण तिवारीपुर गाँव समर का मैदान जैसा लग रहा था। उन लोगों ने चारों तरफ़ से रंगीला सिंह को घेर लिया था। भुनेसर महतो गरजा, "रंगीला सिंह? बोलो, हम तुम्हारे सहित ताड़बन्ना के आशियाने को ख़ाक़ में मिला दें?"

रंगीला भुनेसर के पाँव पकड़कर गिड़गिड़ाने लगा। मगर जनता तो बौखलाई हुई थी। अनाचार के विरुद्ध दबा आक्रोश अचानक फूटा था। उधर सुनन्दा के नेतृत्व में जुलूस ने 'इन्कलाब ज़िन्दाबाद' का नारा लगाते हुए हाथ में मशाल, लाठी और भाले के साथ ताड़बन्ने के आशियाने को जला डाला। अकेला रंगीला सिंह को ज़िन्दा छोड़ दिया था।

सुबह पुलिस पहुँची तो न वहाँ भुनेसर महतो मिला, न सुनन्दा और न कोई रंगकर्मी। बेनीमाधो तिवारी और हरिहर मुखिया को पुलिस पकड़कर थाने ले आयी। जिला प्रशासन की ओर से 'युवा नीति' के प्रवेश पर पूरे प्रखंड में एक सौ चौवालिस धारा लगा दिया। चारों ओर नामज़द विद्रोही सुनन्दा और भुनेसर महतो की गिरफ़्तारी के लिए पुलिस ने छापामारी शुरू कर दी।

मगर सुनन्दा और भुनेसर तो उसी गाँव में भूमिगत थे। कुछ दिनों बाद हरिहर मुखिया और बेनीमाधो तिवारी को ज़मानत पर रिहा कर दिया गया। इस घटना को श्रीराम सिंह विधायक ने अपने आन्दोलन का मुद्दा बना लिया।

रंगीला सिंह गिरोह अभी तक डरा हुआ था। वह गाँव छोड़कर कहीं और चला गया था। जो विरोधी थे उन्होंने हल्ला उड़ा दिया कि सुनन्दा नाटक मंडली के साथ भाग गयी है। बेनीमाधो लोकलाज के मारे घर से बाहर नहीं निकलते थे। कम्युनिस्ट संगठन की नींव तिवारीपुर में पड़ गयी थी। छोटे-छोटे मुद्दों को लेकर प्रखंड पर प्रदर्शन शुरू

हो गया था। बीडीओ, प्रमुख और स्थानीय थाना–पुलिस के लिए यह नया हेडेक था।

रंगीला भी कोई पार्टी ज्वाइन करने की फ़िराक में था। मगर कोई भी उसे लेने के लिए खुलेआम तैयार नहीं था। बेनीमाधो तिवारी अभी तक हरिहर मुखिया के साथ थे, लेकिन कम्युनिस्ट उनके गले के नीचे उतर नहीं रहे थे। बहू के कारण वे अपनी कटी हुई नाक से परेशान थे। गाँव का बड़ा वर्ग राजनीतिक पार्टी विहीन राजनीति का आदी था। यदु सिंह काँग्रेसी मिज़ाज के थे। मगर इन्दिरा गाँधी के बाद काँग्रेस के ह्रास से उनका मन बराबर दुखी रहता था और पहले से अपने रंगीला को काँग्रेस में खुलकर जाने से रोके हुए थे, पूर्व काँग्रेस विधायक उनका नज़दीकी रिश्तेदार था।

हमारे यहाँ जातीय मिज़ाज से लोग पार्टियों में आते–जाते रहे हैं। विचार अथवा सिद्धान्त कभी आधार नहीं रहा। अवसर विशेष और जात–सम्प्रदाय ही किसी को राजनीतिक बनाता है। किसी घटना ने कम्युनिस्टों को जन्म दिया, यह यहाँ के लिए नयी बात थी। व्यक्ति का विरोध ही उसे राजनीति करने को प्रेरित करता है। चुनाव आने पर पार्टियों का कलेवर चढ़ जाता है। बिना किसी पार्टी में गये नेता का ख़िताब मिल जाता है। यदु सिंह अब तक जाति की राजनीति करते रहे। लोग उन्हें बाबू जदु सिंह कम, नेता जी ज़्यादा कहते थे। उसी नेता जी का बेटा रंगीला जवार का लम्पट, आवारा और गुंडा लड़का था, जिससे यदु सिंह की नेतागिरी में बट्टा लगता रहता था। जबसे मुखिया का चुनाव हरिहर यादव से हारे हैं, तब से बहुत पस्त हो गये और अब बेनीमाधो तिवारी के गाँव आने के बाद उन्हीं से टकराते रहते हैं। ईर्ष्या ऐसी ज़ालिम कि रंगीला सिंह की गुंडई की रक्षा में भी बन्दूक लेकर तने रहते हैं। यही सब कारण है कि बेनीमाधो तिवारी के गोतिया रामलाल तिवारी से इनकी अच्छी पटरी है।

मिट्टी की दीवार में गाड़े गये आइने में बहुत दिनों बाद अपने को निहार रहा था भुनेसर। पीछे से सुनन्दा का मुस्कुराता चेहरा झलका

तो भुनेसर बोला, "तीन महीने में कितना बदल गया हूँ। जो चेहरा तीन महीना पहले था वह आज नहीं है। क्यों, सुनन्दा जी, कैसा लगता हूँ आपको?"

"बहुत सुन्दर!" उसने कहा, "सोशलिस्ट कट दाढ़ी आपके चेहरे पर बेहद सुन्दर लगती है।"

"किसी सोशलिस्ट से आपकी मुलाकात है क्या?"

"नहीं, पर आपके मुँह से कई बार इस शब्द को सुना है, जो आप कॉलेज के दिनों में सोशलिस्ट पार्टी में थे और लोहिया और कई सोशलिस्ट नेताओं के बारे में बताते थे।"

भुनेसर ने पीछे की ओर मुड़कर पूछा, "सचमुच, आपको सुन्दर लगता हूँ।"

"सही मायने में आप हर तरह से सुन्दर लगते हैं—शरीर से, मन से...।"

सुनन्दा भावुक होती जा रही थी। भुनेसर ने कहा, "बाहर किसी से ऐसा मत बोलिएगा।"

"क्यों?"

"बाहर वाले हम दोनों को काट देंगे। खुद आपके कर्मकांडी श्वसुर ऐसा कर सकते हैं।"

सुनन्दा अपने श्वसुर को अच्छी तरह समझती थी। उसने फिर कोई उत्तर नहीं दिया।

"मैं आज रात एक-दो दिनों के लिए शहर जाना चाहता हूँ। आपकी क्या राय है? जाऊँ?"

"मैं भी चलती हूँ आपके साथ।"

"नहीं?" वह बोला, "कब तक भूमिगत रहेंगे। वकीलों से और श्रीराम जी से राय-मशविरा करूँगा।"

"कैसे जाएँगे आप?"

"हरिहर जी की मोटर साइकिल से। वे रात में ताड़बन्ना के पास

मेरा इन्तज़ार करेंगे।''

''आप नहीं आएँगे तो वर्णवादी मुझे मारकर सोन में बहा देंगे।''

भुनेसर हँसा। ''ऐसा दिन कभी नहीं आएगा, सुनन्दा जी, कभी नहीं आएगा।''

भुनेसर महतो उस रात अकेले शहर निकल गया। दो दिनों बाद लौटा तो अपने साथ बहुत किताबें ले आया था—कम्युनिस्ट घोषणा पत्र, गोर्की की 'माँ' और उनकी जीवनी के तीनों भाग तथा राहुल जी की कुछ किताबें। कम्युनिस्ट घोषणा पत्र उसके हाथ में थमाते हुए बोला, ''पहले इसे आप पढ़ जाइए।''

सुनन्दा घोषणा पत्र और 'माँ' पहले पढ़ गयी। भुनेसर उस दौरान एक नाटक लिखने में व्यस्त हो गया।

एक दिन सुनन्दा ने पूछा, ''हम बाहर खुली हवा में कैसे निकलेंगे, साथी।''

''बहुत जल्द। झूठे केस बहुत दिनों तक नहीं टिकते। हो सकता है इसी महीने हम यहाँ से बाहर आ जाएँ।''

सुनन्दा इन दिनों तेज़ी से बदली है। चीज़ों को समझने-बूझने के विवेक का विकास हुआ था। उसकी सामाजिक रूढ़ियाँ बड़ी तेज़ी से टूट रही थीं। उसने कहा, ''बाबूजी का व्यवहार मेरी सबसे बड़ी बाधा है। तब भी उनसे मिलने की मेरी इच्छा हो रही है।''

''मेरे बारे में उन्हें जानकारी नहीं होनी चाहिए कि हम दोनों साथ हैं।'' भुनेसर बोला।

''यह कैसे छिपेगा भुनेसर जी'', सुनन्दा ने कहा, ''आम जानकारी है कि हम दोनों साथ भूमिगत हुए हैं। हमारी गँवई संस्कृति को उत्तर आधुनिकता निगल गयी है। बाबूजी अभी पुराणों-उपनिषदों के आख्यानों में जी रहे हैं। इनके भी दुविधाग्रस्त मानस को बाज़ार ने ललचाया है। अपने वर्चस्व के लिए मुझे मुखिया बनाने का सपना देख रहे हैं। विकास का धन उनके सपने के केन्द्र में है।''

"आपका कहना सही है सुनन्दा जी, परन्तु हमारी चालाकी इसी में है कि उन्हें यह भ्रम रहे कि हम साथ-साथ रह रहे हैं। मैं पहले बाहर आऊँगा और उसके बाद आप। आपको कहीं अन्यत्र होने की कहानी बनानी होगी। आपको चारित्रिक लांछना से बचाने का यही रास्ता है।"

सुनन्दा कुछ देर के लिए सोच में पड़ गयी। उसने प्रश्न किया, "क्या हम शादी नहीं कर सकते?"

"जाति-बिरादरी का सवाल उठ खड़ा होगा। मुझे तो कोई विकल्प दिखाई नहीं देता। राजनीति पार्टियों का संगठन गाँवों में है, मगर राजनीतिक चेतना और शिक्षा बिलकुल नहीं है। हमारे देश में पार्टियाँ धोती-कुर्ता की तरह रोज़ बदली जा रही हैं। हर जातीय संगठन की अपनी राजनीतिक पार्टी है। राजनीतिक विचारों के आधार पर लोग बँटें तो अच्छी बात है। इसके सामने सामाजिक वर्जनाएँ गौण हो जाती हैं। हमारे सम्बन्धों में यथास्थिति बनी रहे, ऐसा चल सकता है। तब हमारी बड़ी लड़ाइयाँ कमज़ोर होंगी और सुनन्दा और भुनेसर अपने अस्तित्व के बचाव में ही डायवर्ट होते रहेंगे। इसीलिए बहस बन्द कीजिए। परिस्थितियों के अनुसार ही समय पर निर्णय लेंगे।"

सुनन्दा ने खिलखिलाकर बहस की गम्भीरता तोड़ दी, "हो गये न आप भी परिस्थितियों के दास। मैं सब कुछ झेलने को तैयार हूँ, मगर परिस्थितियों का वर्चस्व स्वीकार करने को तैयार नहीं हूँ। इन सारी चीज़ों से बचने के लिए एक ही विकल्प है और वह है पलायन।"

"छोड़ो न यार", भुनेसर ने उसे समझाया, "हमारे सामने श्रीराम सिंह हैं, हरिहर यादव हैं और सबसे बड़ी पार्टी है। इनके साथ बैठकर हम राय-मशविरा करेंगे। हरिहर जी के साथ कोर्ट जाना है।"

"दिन में?"

"अब कोई ख़तरा नहीं, सुनन्दा। मेरी ज़मानत हो चुकी है। केवल 'युवा नीति' से एक सौ चौलाविस धारा उठवानी है।"

"मुझे साथ क्यों नहीं ले चलते?"

"हरिहर जी से राय लेता हूँ।"

हरिहर यादव आया तो उसी ने कहा, "रात में आप दोनों को पार्टी ऑफिस छोड़कर लौट आऊँगा।"

सुनन्दा को हरिहर की बातें अच्छी लगीं।

सुनन्दा और भुनेसर को हरिहर मुखिया की मोटर साइकिल पर रामलाल तिवारी के बेटे शंकर ने शहर से लौटते हुए देख लिया था। उसने हवा फैला दी कि उसने दोनों को शहर जाते देखा है और दोनों इसी गाँव में रहते थे। किसके घर में छिपे थे, यह किसी को मालूम नहीं था। बेनीमाधो तिवारी के कानों तक यह ख़बर पहुँची तो छड़ी टेकते हुए भोर में हरिहर मुखिया के घर पहुँच गए। हरिहर ने इस ख़बर को गलत बताया और समझाया कि यह सब आपको बदनाम करने के लिए अफवाह है। आपके दुश्मन ने झूठी ख़बर उड़ायी है। तिवारी बाबा, रामलाल जी का खानदान ही दुष्ट प्रवृत्ति का है। महीनों से दोनों इसी गाँव में रहे, भला यह कोई छिपनेवाली बात है। ऐसी अफवाहों पर कान खड़े मत कीजिए। कम्युनिस्ट विरोधी सामन्त-पुत्रों की दुष्टता से सजग रहिए, बस।

बेनीमाधो तिवारी सन्तुष्ट होकर लौट आये। रास्ते में सोचते रहे कि कम्युनिस्ट-विरोधी सामन्त-पुत्र का क्या अर्थ हुआ? क्या हरिहर उनसे ज़्यादा माथा वाला आदमी है? दिन-प्रतिदिन कैसे इतना विवेकशील हो गया। महज मैट्रिक पास व्यक्ति किताबी ज्ञान कहाँ से पा रहा है? इतना पढ़ गये पुराने ज़माने के ग्रैजुएट तिवारी बाबा, ऐसे शब्द पहली बार सुन रहे हैं। ज़माना बदल रहा है, तब शब्द-अर्थ भी बदल रहे हैं। इन सारे शब्द-अर्थों की हवा बहू को लग गयी है। घर-समाज का लोक-धर्म बिसारकर जाने पाँच महीने से कहाँ गायब है। दिल से कम्युनिस्ट हुई तो खानदान को ले डूबेगी। गाँधी काँग्रेस तक सब कुछ सहाऊ है। सोशलिस्ट भी बामन-क्षत्री हैं, मगर अपने यहाँ कोई बामन-क्षत्री कम्युनिस्ट है, तो उन्हें पता नहीं है? पोस्टमास्टर की नौकरी में थे तो कम्युनिस्टों की यूनियन के बारे में डाक-तार विभाग

में सुनते थे। उन यूनियनों में बामन-क्षत्री सभी पदाधिकारी थे, मगर आचरण-धर्म में कम्युनिस्ट नहीं थे, तिवारी बाबा काँग्रेसी यूनियन के कोषाध्यक्ष और दो बार उपाध्यक्ष रह चुके हैं। यूनियन तिवारी जी की ऊपरी आय में कभी बाधक नहीं बनी। गाँव में रिटायरमेंट के बाद नये सिरे से सिक्का जमाने में बड़ा राग-द्वेष है। जाति-समुदाय, राजनीति पार्टी का बखेड़ा है। पतोह के माध्यम से गँवई राजनीति में कूदना जोख़िम और बदनामी का खेल है। पतोह ऐसे चक्कर में पड़ी कि हाथ से बेहाथ होने का ख़तरा बढ़ गया है। कम्युनिस्टों की कुसंगति में सारी लक्ष्मणी रेखाएँ पार कर सकती है।

उन्होंने निष्पक्ष होकर विचारण शुरू किया। न आँगनबाड़ी में जाती, न चौखट लाँघती। उनकी मान्यता है कि जो औरत चौखट को एक बार लाँघकर निकली तो उसके लिए चौखट के भीतर होना असम्भव है। यही सब सोते-विचारते उन्हें नींद आ गयी।

उस रात तिवारी जी का चूल्हा नहीं जला। रंजन दूबे महीने भर से अपने गाँव गया तो अभी तक नहीं लौटा। सुबह तिवारी जी ने छड़ी उठायी और बस से शहर निकल गये। तिवारी जी ने सुना था कि अफ़वाह की भी बुनियाद होती है। पेंशन निकालने के बहाने इस अफ़वाह की पुष्टि करेंगे कि कहाँ तक सच्चाई है। हरिहर अब दूसरी चीज़ लगता है, भीतर से कम्युनिस्ट है। इसलिए चुपके से बहू का पता करना ज़रूरी है। किसी के साथ निकल भागी तो नाक रखना भी मुश्किल है। जाति-बिरादरी कट्टर दुश्मन है। नाक बची रहे तो बहुत बड़ी बात है।

पेंशन निकालने के क्रम में दो-तीन सहकर्मियों से मुलाकात हो गयी। उसने छूटते ही पूछ लिया,

"गाँव में भी ऊपरी आय का स्रोत मिल ही गया तिवारी जी, है न?"

"आपका मतलब बाबू साहब?" तिवारी जी चकरा गये।

"मेरा मतलब है, पतोह आँगनबाड़ी में माल कमा रही है न?"

"थी, मगर गाँव की सड़ी राजनीति से ऊबकर जल्दी त्यागपत्र दे दिया।"

दूसरा सहकर्मी बोला, "आप तिवारी जी रिटायरमेंट के बाद बेकार गाँव गये। एक पतोह थी खानेवाली। शहर में किराया से पैसे आ ही जाते हैं। गाँव में धनहर ज़मीन। ऊपर से पेंशन पन्द्रह हजार। क्या ज़रूरत थी गाँव जाने की?"

तिवारी जी को करेंट की तरह झटका लगा। यह आदमी सही बोल रहा है। उसकी बातें लगातार हांट करती रहीं। उन्होंने कहा, ठीक कह रहे हो लाला बाबू। आपकी बातों पर विचार करूँगा। सचमुच गाँव रहनेवाली जगह अब नहीं रह गयी है। बड़ों की आबरू वहाँ मुश्किल में है।

मन-ही-मन सोचने लगे, बहू का पता चल जाए तो यहीं बहू को रोककर शहर में रहना शुरू कर दें। वे जल्दी-जल्दी कम्युनिस्ट पार्टी ऑफिस पहुँचे, जैसे उन्हें मालूम हो बहू यहीं रहती है।

उस वक्त भुनेसर महतो के लिखे नाटक 'माँ' का रिहर्सल चल रहा था। और सुनन्दा गोर्की की माँ की भूमिका में थी और भुनेसर पावेल की। पहले तो माँ की भूमिका करने से घबड़ा रही थी, लेकिन मेकअप से माँ क्या दादी भी बनाया जा सकता है। तब जाकर तैयार हुई सुनन्दा। तिवारी जी पर सुनन्दा की नज़र अचानक गयी तो वह चौंक पड़ी। उसके होंठ फुसफुसाए। वह बाहर दौड़ी और उनके पाँव स्पर्श किये।

"तुम यहाँ कब से हो, बहू?"

"मैं उस दिन से यहीं हूँ, जब से पुलिस हमें गिरफ़्तार करने के लिए छापामारी कर रही थी।"

"तुम तबसे नैहर नहीं गयी?"

"कभी नहीं गयी, बाबूजी।" सुनन्दा सीधे झूठ बोल गयी।

"किसके साथ थी।"

"महिला नेता विमला जी के साथ।"

"मैंने फ़ैसला कर लिया बहू कि गाँव में नहीं रहूँगा।"

"तब कहाँ रहेंगे?"

"शहर में।"

"लेकिन मैं अब गाँव नहीं छोड़ सकती। आप लौटिए मैं भी यहाँ से एक सप्ताह में आऊँगी।"

"रहने लायक गाँव नहीं रह गया है, बहू।"

"इसीलिए तो गाँव में रहना ज़रूरी है, उसको सबके लायक बनाना है।"

"तुम मेरे साथ लौट चलो।"

"मैं भुनेसर जी के नाटक में माँ की भूमिका कर रही हूँ।"

"दुश्मन मज़ाक उड़ाएँगे बेटी।"

"मगर मित्र प्रशंसा करेंगे।" सुनन्दा ने स्पष्ट कहा, "गाँव में आपके मित्रों की संख्या बहुत ज़्यादा है। दुश्मन तो अँगुलियों पर गिनने लायक हैं। उन्हीं के विनाश में तो मैं लगी हूँ।"

तिवारी जी हताश छड़ी पटकते हुए लौटने लगे तो जाते-जाते सुनन्दा बोली, "एक दिन हमारे भी दिन आएँगे बाबूजी। आप वहाँ किसी को नहीं बताएँगे कि मैं कहाँ हूँ।"

वे समझ गये, बहू जहाँ पहुँच गयी है वहाँ से लौटना कठिन ही नहीं, असम्भव है। फिर भी वह खानदान की लाज है। उस लाज को बचाए रखना ही ख़ुद को भी बचाए रखना है।

बेनीमाधो तिवारी एक सप्ताह बाद लौटे थे गाँव। घर में तभी से ताला बन्द था। बड़ी-बूढ़ियों में बेचैनी थी कि बेचारे की पतोह का ठिकाना मिला कि नहीं या पुलिस के हत्थे चढ़ गयी। जो भी हो, अचानक पड़ोसिन भौजाई की नज़र पड़ी तो तड़के पूछ बैठी, "का हो, बेनीमाधो। पतोहिया का कुछ पता चला?"

"हाँ, भौजी, पता चल गया।" जैसे तिवारी जी जवाब तैयार कर

आये हों, "वह नैहर चली गयी है।"

"वही तो कहूँ कि उसका भाई रंजन भी उसके लापता होने की खबर सुनकर नहीं आया।"

"बहू मजे में अपने बाप के घर में है। दस-पन्द्रह दिन में लौट आएगी।" बेनीमाधो तिवारी ने राहत की साँस ली। ताला खोलकर अन्दर कुर्सी पर धम्म से बैठ गये, जैसे महीनों चलते-चलते बुरी तरह थककर चूर हों।

भौजाई भी बोलते-बोलते अन्दर आ गयी और वह भी सामने कुर्सी पर बैठ गयी थी। वह कहने लगी, "गाँव-घर में जोरदार हल्ला है कि पतोहिया नौटंकीवालों के साथ भाग गयी है।"

"यह सब रामललवा और यदु सिंह का हरामीपन है। उन्हीं लोगों ने अफ़वाह फैलायी है। तुम्हें तो पता है, दोनों मेरे जानी दुश्मन हैं।"

"मुदइया सब का यही काम रह गया है।" भौजी ने कुछ सोच-समझकर कहा, "पहले हल्ला मचाया कि फलाँ की पतोह हरिहरवा अहीर से फँसी हुई है। बेनीमाधो तिवारी ने पतोह से नौकरी करवाकर ब्राह्मण की नाक कटवा दी है।"

तिवारी जी का दबा गुस्सा उबल पड़ा, "जदुआ का रंगीलवा और रामललवा का शंकरवा दोनों ने मिलकर तिवारीपुर की नाक कटवा दी। सांझे में ताड़बन्ना दखलकर ताड़ीखाना, जुआ और ऐयाशी के लिए तमाम नौजवानों को बुलाते हैं और गाँव-जवार की बहू-बेटियाँ बहकाकर दूसरी जगहों में सप्लाई करते हैं। उनके धन की बढ़ोत्तरी का यही राज है, भौजी।" एक साँस में पूरी कथा समझा गये तिवारी जी। "गाँव में शहर का धन्धा उतार लाये हैं। गाँव के लोगों को मिलकर इस बुराई को रोकना होगा। उस दिन नौटंकीवालों ने उनका धन्धा उजाड़ दिया तो उल्टे पुलिस भी उनके पीछे पड़ गयी। नान्ह-रेआन होने के कारण हरिहर मुखिया उनके ख़िलाफ़ कुछ कर नहीं पाता। सभी फारवर्ड अस्मिता के नाम पर एक हो जाते हैं। सरकार चाहे किसी की हो, मगर चलाते तो हमारे ही लोग हैं। सरकार, अख़बार,

शासन-प्रशासन पर बहुजनों की पकड़ एकदम नहीं है।''

उनके अन्तिम वाक्य से भौजी चकरा गयी थी। उसने पहली बार अव्यावहारिक शब्द सुने थे। उसका औरत-मग़ज़ अर्थ नहीं समझ पा रहा था। उन्होंने कहा, ''नये जमाने की बातें हमारी समझ के बाहर की हैं, बबुआ। तुम लोगों ने तो औरत को भोग ही समझा और इन्हें किताब और अकल से हमेशा दूर रखा। औरत होने के कारण पूजा-पाठ, यज्ञ, कीर्तन हमारे लिए मनाही है। नान्ह-रेआन की औरत और हम में कहाँ फर्क है?''

तिवारी जी को नया विषय बतियाने का सूत्र मिला। वे बोले, ''ए भौजी, ज़माना बड़ी तेज से बदल रहा है, उदारीकरण का युग है। औरतों के अधिकार का युग है। धर्म-जाति के प्रति विश्वास बदल रहा है। हमारे क्षेत्र का पहले जो विधायक था, कट्टर जातिवादी, राजपूतों के लिए कट मरनेवाला था। नया विधायक श्रीराम सिंह, कम्युनिस्ट है। बेचारा इनसान-आदमी है, उसके ज़्यादातर समर्थक नान्ह-रेआन हैं। पिछड़े-दलितों के वोट से जीता है। अब मेरी पतोहिया को लो, गाँव की औरतों से ज़्यादा पढ़ी-लिखी बीए (ऑनर्स) पास। मगर उसकी पढ़ाई किस काम की? चौखट के भीतर निरक्षर पंडित-बाबुओं की औरतों की तरह सड़े-गले। इससे बेहतर है कि मेरी बहू समाज के लिए कुछ करे। औरतों के लिए भी पिछड़ों-दलितों की तरह आरक्षण मिलने जा रहा है। मेरी बहू अगला ग्राम पंचायत चुनाव लड़े, इसमें क्या बुराई है? अब तो उसी को मेरी बेटी कहो या बेटा। आपकी क्या राय है? गोतिया-परिवार की राय ज़रूरी है न?''

भौजी चकरा गयीं-न पढ़ी-लिखी, दिमाग से नान्ह-रेआन। ताल में मुरझा पुरइन की पात जैसी भौजी के झुर्रीदार चेहरे पर भोर जैसी रुपहली किरण फैल गयी, ''बबुआ जी, मैं तो पतोहिया जैसी पढ़ी-लिखी नहीं, अनपढ़-गँवार हूँ। मगर इतना समझती हूँ कि पतोहिया कुछ-न-कुछ नया जरूर करेगी।''

''वह नये की शुरुआत कर चुकी है, भौजी। आप जैसी बड़ी-

बुज़ुर्गों का उसे आशीर्वाद चाहिए।''

''उसे जल्दी नैहर से बुलवाइए बबुआ जी।'' भौजी ने अपनापन से कहा, ''उसे देखे बहुत दिन हो गये।''

''भौजी, आपसे एक और राय लेनी थी'' उन्होंने इस तरह पूछा जैसे कोई बात याद आयी हो।

''कौन-सी बात, बेनी बबुआ?''

''बहू का दूसरा ब्याह कर दूँ?''

भौजी आसमान से गिरी। बोली, ''अब यह राय देने की हिम्मत नहीं है मुझमें। लोकलाज टूटने का भय है।'' उन्होंने बात पलटने की कोशिश की, ''आपके लिए रसोई बना दूँ?''

''बड़ी कृपा होती भौजी! दो-चार दिन कष्ट उठा लीजिए। बहू आ ही जाएगी।''

भौजी तत्काल रसोई घर में घुस गयी।

तिवारी जी को अनायास मुँह से निकली हुई बात याद आयी-बहू के पुनर्ब्याह की बात। ब्राह्मणों ने ही सामाजिक नियम, बन्धन-कानून की लकीर खींची है। ब्राह्मण ही तोड़े? इसी धर्म-जाति के नाम पर बाबूजी ने गाँधी जी को ईंट-पत्थर मारे। उन्ही की बहू पुनर्ब्याह करे? इतिहास में बेनीमाधो तिवारी जाति-धर्म से काटकर नरक में फेंक दिए जाएँगे। कौन ब्राह्मण का कुँवारा बेटा होगा इस काम के लिए?

भौजी रसोई से ही बीच में बोली, जैसे तिवारी जी के मन में घुसकर उनको टटोल रही हो, ''एक लड़का है मेरे नैहर में।''

''क्या करता है लड़का?''

''मुम्बई के शराब कम्पनी में मैनेजर है?'' थोड़ा रुककर बोलीं, ''मगर दोआह (ब्याह हुआ) है, तीन सन्तान भी हैं, दो बेटी और एक बेटा। बड़ी बेटी ब्याह योग्य है। अपार सम्पत्ति है। लड़का भी विधवा बहू चाहता है, ताकि इस बहाने किसी विधवा कन्या का कल्याण भी हो।''

तिवारी जी सन्न रह गये सुनकर। उनकी फारवर्ड बहू सम्भवतः राजी नहीं होगी। जो भी हो, दो-चार दिन में तो आ ही रही है। खुलकर बातें होंगी क्योंकि इतना आगे बढ़ चुकी है कि हाथ से बेहाथ हो सकती है। इसलिए सनातन बन्धन ज़रूरी है।

बेनीमाधो तिवारी के भीतर ब्राह्मण देवता उन्हें रातभर परेशान करते रहे। उनकी मनःस्थिति के भीतर द्वन्द्व कुछ वैसा ही उत्पात मचाए हुए था, जैसा महाभारत काल में द्रौपदी-चीरहरण के समय सभा में भीष्म पितामह के मन-मस्तिष्क में था। भौजी उनके भीतर माचिस की एक तिल्ली जला गयी थी। कल रसोईघर से बतकही में बहू के विधवा-विवाह की सलाह। रात की नींद हराम हो गयी। कर्मकांडी संस्कार और विधवा-विवाह विरोधी बेनीमाधो पंडित को उम्रदराज भौजाई की मन्त्रणा संस्कारों में हलचल मचा गयी, अपनी पसन्द का वर मन-ही-मन तजवीज़ करने लगेगी। अचानक भौजी की हाँक दरवाज़े से टकराती है, ''बेनी बबुआ, तुम्हारे खलिहान में आज हलचल है। शहर से वही नौटंकी पार्टी आयी है।''

उन्होंने माथे पर टोपी रखी और छड़ी उठाकर चल दिये आयोजन-स्थली की ओर। खलिहान वाला मैदान घर-जवार खचाखच भरा था। अहीर टोली और चमरटोली पास होने के कारण घर-घर से लोग मैदान में भर आये थे। बबुआन और बमनटोली के लोग बहुत कम थे, औरतें तो नाममात्र की थीं। हाँ, बाकी टोले की औरतें पुरुषों से कम नहीं थीं। हरिहर मुखिया और बीडीओ मंच के एक ओर डटे थे। बेनीमाधो पंडित छड़ी टेकते हुए उनके क़रीब आ गये। हरिहर यादव शिष्टाचारवश दोनों हाथ जोड़कर खड़ा हो गया और पंडीजी को पकड़कर अपनी कुर्सी पर बैठा दिया।

पर्दा उठाते ही तिवारी जी चौंके, अरे यहाँ सुनन्दा कहाँ से आ गयी? तबतक गोरख पांडे का गीत शुरू हो चुका था। चारों तरफ़ सन्नाटा।

टकटकी बाँधे हज़ारों आँखें दो भागों में बँट गयीं—हिक़ारत और प्यार।

एक दिन राजा मरलें आसमान में उड़त मैना
बान्हि के घरे ले अइले मैना ना!
एकरे पिछले जनम के करम
कइलीं हम शिकार के धरम
राजा कहै कुँवर से अब तू लेके खेल मैना
देख कतवा सुन्दर मैना ना!
खेले लगलें राजकुमार
उनका मन में बसल सिकार
पहिले पाँखि कतर के कहलें अब तू उड़ि जा मैना
मेहनत कै के उड़ि जा मैना ना!

तभी रंगीला सिंह बन्दूक लहराते हुए चिल्लाया, "बन्द करो, यह नक्सलाइट गाना? भाई रे! ऐसे गीत-नाटक मेरे गाँव में नहीं चलेंगे? गाँव की बहू-बेटी का रास्ता खराब होगा? वही चोर-डाकू बनेंगे?"

एक साथ सैकड़ों लोग हाथों में लाठी-भाले लहराते खड़े हो गये, "हमारे गाँव में ऐसे ही गीत-नाटक चलेंगे। हम तुम्हारी गुंडई से लड़ाई के लिए कमर कस चुके हैं। 'युवा नीति' अपना कार्यक्रम जारी रखे। तुमको पसन्द नहीं है—जाओ यहाँ से?"

औरतें हंगामा समझकर उठने लगीं। हरिहर मुखिया मंच पर चढ़ गया और माइक लेकर बोलने लगा, "हमारी माय-बहनी! हम यह कार्यक्रम आप ही के लिए कर रहे हैं। आप शान्त होकर बैठे रहिए। जो हमारी तरफ आँख उठाएगा, उसकी आँख हम काढ़ लेंगे।"

औरतों में हिम्मत आयी। वे फिर अपनी-अपनी जगह बैठ गयीं। एक औरत ने खड़ी होकर कहने का साहस किया, "हमारे जिन हाथों में सुहाग की चूड़ियाँ हैं, उन्हीं हाथों में हँसुआ-खुरपी भी रखते हैं।"

ज़ोरदार तालियाँ बजीं।

तिवारी जी से बरदाश्त नहीं हुआ तो अपने भीतर के ब्राह्मण देवता

को दबाकर माइक पर पूछने लगे, ''तू किसके घर की हो, बेटी?''

''मैं लगनराम की पतोह हूँ, मैट्रिक पास हूँ। मुझमें आप सब के बीच बोलने की ताकत सुनन्दा दीदी से मिली है। हमारे टोले को अभी तक अक्षर-ज्ञान तो नहीं मिला, मगर सुनन्दा दीदी ने हमें चेतना दी है।''

तिवारी बाबा बड़े गर्व से बोले, ''तुम पर हमारे गाँव को गर्व है। तुम्हारा नाम क्या है'' नाम बताने में हिचकती है, तिवारी बाबा ज़ोर देते हैं, ''बोलो बेटी, बोलो!''

वह बोलती है, ''ससुराल में बेटी का नाम नहीं होता। वह सिर्फ फलाना बहू या फलाँ की माय होती है। बाबा, वैसे मैंने अपना नाम पहले ही बता दिया है—लगनराम की पतोह?''

''पति क्या करता है?''

''बाबू साहेब का हरवाह है।''

''कौन बाबू साहेब?''

''दुखदेवन सिंह।''

दुखदेवन सिंह नाम फुसफुसाए तिवारी जी। सुनन्दा लगन की पतोह का हाथ पकड़कर मंच पर ले गयी। ''मुझे धीरे से अपना पता दो?''

वह बुदबुदाई, ''हरकिशुनी!''

''वाह?'' सुनन्दा बोली, ''कितना बढ़िया नाम है। मतलब कि हरसिंगार। यह एक छोटा फूल होता है, जो अपनी अल्पजीविता के लिए प्रसिद्ध है। शिव का प्रिय होने के कारण हरसिंगार नाम पड़ा है, जो निजी विशेषता पर नहीं, बल्कि दूसरों की पसन्द होती है। आज से सुनन्दा और हरसिंगार मिलकर काम करेंगे। करेंगे न, हरकिशुनी?''

''हाँ, दीदी। कसम खाती हूँ।''

उसने हरकिशुनी के पति को मंच पर बुलाया।

''आप अपना नाम बताएँगे?''

''जी, हरिशंकर। लेकिन लोग मुझे शंकरा कहते हैं।''

"कैसा सुखद संयोग है कि आप साक्षात शिव हैं और पत्नी शिव की प्रिया। कितना पढ़े-लिखे हैं?"

"अपनी औरत के दबाव से साक्षरता केन्द्र पर लिखना-पढ़ना सीख रहा हूँ। मगर बाबू साहेब नाराज होते हैं कि एक ही काम करो। या तो पढ़ाई करो या हलवाही।"

"आपने क्या सोचा है?"

"हलवाही।"

सुनकर थोड़ी दुखी हो गयी सुनन्दा। लेकिन पूछा "मेरा मैना गीत कैसा लगा आपको?"

"बहुत अच्छा। आपको गाकर सुनाऊँ?"

"सुनाइए, पर अकेले नहीं। आप दोनों मिलकर गाइए?"

बहुत उत्साहित करने के बाद दोनों मिलकर गाने लगे—"एक दिन राजा मरलें आसमान में उड़त मैना...।"

दर्शकों में अधिकांश उनके साथ गुनगुनाने लगे, ख़ासकर औरतें-बच्चे। एक तरह से पहली बार खुले ग़रीब-गुरबा के कंठ। सदियों से लगी उनकी ज़ुबान में लगी ज़ंग धुलने लगी थी। कुछ सामन्ती सोच के लोग अकबकाए रहे। दुखदेवन सिंह को चिन्ता हुई कि शंकरा हरवाह हाथ से पगहा छुड़ाकर भाग रहा है। वह हठात् चिल्लाया, "बेनीमाधो पंडित की पतोह विधवा है। धरम-करम के विरुद्ध गाँव-जवार को भड़का रही है। कल से यही हरवाह-चरवाह कहेंगे—तुमरी सम्पत्ति में हमारा हिस्सा है। आधा बाँट दो?"

दर्शकों में सन्नाटा छा गया। दर्ज़नों युवकों के होठ फड़फड़ाए। वे दुखदेवन सिंह की ओर बढ़ने के लिए आतुर लगे। मगर अगल-बगल बैठे सयानों ने इन्हें रोक लिया। एक युवक दुखदेवन सिंह के समानान्तर ज़ोर से चिल्लाने लगा—"राजा कहें कि सीख कइसे चूसल जाई मैना, कइसे स्वाद बढ़ाई मैना ना!"

दुखदेवन सिंह चुपचाच उठकर चल दिये वहाँ से। पंडीजी रोकते

रहे उसे। परन्तु उसने पंडीजी को करारा जवाब दिया, "पतोह को सभा में नचवाइए? गाँव-घर की मर्यादा का सर्वनाश हो गया। बुढ़ापा में कमसिन मत बनिए, पंडीजी? दूसरा महाभारत होकर रहेगा।"

"उसका नायक तुम बनोगे, दुखदेवन सिंह।"

दुखदेवन के पाँव थम गये। "और दूसरे महाभारत के रचयिता पोंगापन्थी पं. बेनीमाधो तिवारी होंगे।"

दोनों तीर की तरह एक-दूसरे के विपरीत निकल गये। उस दिन से लोककंठ बन गयी मैना। लड़के-युवक खेलते समय बड्डी के बोल की तरह इस्तेमाल करने लगे मैना को। मसलन, एक दिन राजा मरलें आसमान में उड़ल मैना, उड़ल मैना...उड़ल मैना...पानी भरते, जाँतसारी करते या सोहनी-रोपनी करते औरतों की गुनगुनाहट में, चाहे हल चलाते, खेत गोड़ते मज़दूर-किसानों का कंठहार बन गयी है मैना। जातिवादियों, सामन्त-सवर्णों को जलन होती तो वे उनके भीतर की मैना के पाँख कतरने की जुगत भिड़ाते। इन दिनों यदु सिंह और दुखदेवन सिंह पुरानी अदावत भूलकर एक प्राण हैं दोनों। साथ उठना-बैठना, कोर्ट-कचहरी और शहरों में राजनीतिज्ञों से साठगाँठ में साथ-साथ रहते हैं। इनकी एकता के बावजूद गाँव की जातिवादी गाँठ ढीली होने लगती है। ग़रीबों में समानतता के पंख फड़फड़ाए हैं। तिवारी जी के सामने एक ही विकल्प है कि सारे कर्मकांडों को दरकिनार कर ग़रीबों का साथ दें। इसमें सबसे ज़्यादा ख़तरा अपनी बहू के बेहाथ होने का है। उसे महसूस कर बराबर दुविधा में रहते हैं।

उन्हें पक्का विश्वास है कि बहू बन्धन की दीवारें तोड़कर इधर चली आयी है। इसकी शादी अनिवार्य है। अपने ब्राह्मण समाज में हो जाए तो सर्वोत्तम है। एक दिन उन्होंने खुलकर बहस की। पूछा, "बहू, भौजी ने अपनी नैहर में लड़का देखा है।"

"मुझे पता है, वह लड़का नहीं, बूढ़ा है।" बहू भी खुल गयी थी।

"काफ़ी सम्पत्ति है उसके पास।" तिवारी जी उसे फुसलाने की मुद्रा में बोले, "राज करोगी, राज।"

"उसकी एक बेटी ब्याह योग्य है। इससे तो बेहतर था, आप ही मुझसे ब्याह कर लेते, बाबूजी। आपके पास उससे कम सम्पत्ति है क्या?"

तिवारी जी ने महसूस किया, जैसे बहू ने उनके माथे पर डंडे से प्रहार किया हो। माथा झनझनाने लगा। वे दोनों हाथों से माथ पकड़कर लुढ़कर गये। बहू गुस्से में उन्हें छटपटाते छोड़ दूसरे आँगन में चली आयी और भौजी से बोली, "जिस परिवार से मेरी शादी की बात चला रही हैं ईआजी, मैं उन्हें अच्छी तरह जानती हूँ। बेटीबेचवा कहलाने से उन्हें बचा लीजिए। इससे तो नेक काम होगा कि मेरा ब्याह आप लोग परजात में करा दीजिए।"

भौजी के पैरों तले से ज़मीन खिसकी, "हाय राम! बड़ी जबरजोत हो गयी है बेनीमाधो की पतोहिया। मर्दों के बीच रहकर एकदम निर्लज्ज हो गयी है। मन-ही-मन ज़रूर किसी परजात से दिल लगा लिया है।" बहुत काबू किया अपने को भौजी ने और इतना ही बोली, "ध्यान रहे बहू कि पाँव कहीं ऊँच-नीच नहीं फिसले। बड़े हिसाब से पाँव रोपना खतरा तब बढ़ता है जब विधि-विधान लाँघकर औरत पुरुष की बराबरी करने लगती है। अपनी जाति-बिरादरी में विधवा की दूसरी शादी वर्जित है। मगर तुम्हारी जवानी को देखकर बेनीमाधो को विधुर लड़का सुझाया था। कोई ब्राह्मण का कुआँर लड़का तुमसे ब्याहने के लिए नहीं मिलेगा।"

"ईआजी", सुनन्दा ने कहा, "मेरी शादी की बात आप और बाबूजी करते हैं। शादी तो मेरी कल्पना में भी कभी नहीं आयी।"

वह अपने घर लौट आयी और मुर्दा-सा लुढ़के तिवारी जी से बोली, "रसोई लगा दूँ, बाबूजी।"

तिवारी जी माथा पकड़े उठे, "ज़ोरों से माथा झनझना रहा है।"

"चोट ज़ोरदार लगी न?"

तिवारी जी चौंके , "कैसी चोट, बहू?"

"मेरी बातों की?"

तभी किसी की गुनगुनाहट उनके कानों से टकराई,

मार के कइसे गावे पाय
कुँवर राजा के बुलवाय
कहले बड़ा दुष्ट बा एको बाति ना माने मैना
सारा खेल बिगाड़े मैना।

इस बार तिवारी जी को अच्छा नहीं लगा यह गीत। उन्होंने पूछा, "कौन पिछवाड़े गा रहा है, बहू।"

"मैं गाँव-घर के लोगों को ज़्यादा नहीं जानती। आप ही निकलकर देखिए न?" सुनन्दा चुपचाप रसोई में आ गयी।

तिवारी जी बाहर निकल आये। उन्होंने उस लड़के को रोका, "किसके लड़के हो?"

"बबन तिवारी के।"

"रात में कहाँ घूम रहे हो?"

"घूम नहीं रहा, बाबा।" वह लड़का डरते हुए बोला, "किशन से मिलने गया था उसके घर। किताब लेनी थी। यह देखिए?"

अँधेरे में उसने उनके मुँह पर किताब लहराई।

"जा, चुपचाप घर। अब से यह गीत मत गाना।"

"सारा गाँव मैना को गाता है, बाबा।"

"गाने दो सारे गाँव को। तुम नहीं गाना, बबन से तुम्हारी शिक़ायत करूँगा, समझे?"

लड़का बिना बोले दौड़कर भागा।

उस दिन सुनन्दा बहू के शब्दों का प्रहार इतना भयानक रहा कि तिवारी जी बराबर अपना गंजा माथा सहलाते रहते हैं—ख़ासतौर से तब जब कहीं से 'मैना' गीत की ध्वनि इनके कानों से टकराती है। उन्हें लगता है, कोई इन्हें चिढ़ाने के लिए ही यह गीत गाता है। उस रात को बबन तिवारी के लड़के से सुनकर उनको ऐसा ही एहसास हुआ था। उन्होंने बहू को समझाया, "सुन बहू, कोई भी दूसरा गीत

बात करना। शायद, तुम्हारी बात मान ले।''

''मैं उससे बात करके देखता हूँ।''

''ख़बरदार हमारी स्कीम किसी को मालूम नहीं हो।''

''असल बूँद हूँ-खाँटी परमार।''

दुखदेवन वहाँ से चला आया और दालान में खाट पर पड़ा राजनीति का मतलब मन-ही-मन तजवीज़ करने लगा। बेनीमाधो को डाउन करने के लिए महाभारत रचने की बेला नहीं है। यदु सिंह के फेर में बाप-दादों की सम्पत्ति गँवाना दुनियादारी के हिसाब से ठीक नहीं है।

सुबह बेनीमाधो तिवारी के माथा में क्या घुसा की सुबह-सुबह बिसरा के बाग़ की ओर घूमने निकल गये, मगर गंजे सिर पर गाँधी टोपी रखना भूल गये थे। जैसे ही घनी बाँसवाड़ी की तरफ़ मुड़े, बबन तिवारी के पूत पर, पेड़-पेड़ दौड़ते और 'मैना' गीत गुनगुनाते, नज़र गयी। उन्होंने छड़ी उठाते हुए टोका, ''कौन है रे?''

''मैं हूँ—बच्चा।''

''कौन बच्चा?''

''बबन तिवारी का बेटा।''

''मैंने यह गीत गाने से मना किया था न?''

इस बार बच्चा उस रात की तरह डरा नहीं था, निर्भीक बोला, ''बाबा, रात मेरी मैना पिंजड़ा खोलकर अचानक उड़ गयी है। उसी को ढूँढ़ रहा हूँ।''

''इस गीत को गाने से तुम्हारी मैना मिल जाएगी।'' अचानक वे अपना गंजा सिर सहलाने लगे। उसने कहा, ''दरअसल, बाबा मेरी मैना को पूरा 'मैना' गीत याद है। वह रात-दिन पिंजड़े में गाती रहती थी। इसीलिए गुनगुना रहा हूँ कि सुनकर शायद मिल जाए।''

तभी बाँसवाड़ी से ठाँय से आवाज़ उनके गंजे सिर पर पड़ी, 'एक दिन राजा मरलें आसमान में उड़ल मैना, बान्हि के घरे ले अइले मैना ना!...''

बच्चा तालियाँ पीट-पीटकर चिल्लाया, ''मिल गयी बाबा, मेरी मैना मिल गयी। ऊ देखिए, बाँसवाड़ी में कैसे छिपकर गा रही है।''

बच्चा भी गुनगुनाते हुए बाँस पर चढ़ने लगा। पूरा बाग़ दोनों के स्वर से गूँज रहा था। वह जैसे उसके क़रीब आता, मैना अपने आप में सिकुड़ती जाती। बच्चा ने गप से पकड़ा उसे और मुट्ठी में कसे नीचे उतर गया। वह सरसराकर घर की ओर भागा। तिवारी जी तेज़ी से उसके पीछे दौड़े, जैसे बच्चा उनका कुछ चुराकर भागा हो। बच्चा हाँफते हुए तेज़ी से घर में घुस गया। तिवारी उसके दरवाज़े पर ही रुक गये। बबन घर से निकलते ही बोला, ''पाय लागी, चचा।''

''खुश रहो, बेटा।''

''लड़कवा कुछ बोला है का?'' बबन ने कहा।

''अपनी मैना मुझे दे दो। बदले में कुछ भी माँग लो।'' वे याचक की तरह बोले।

''पूरे परिवार के दिल में मैना बस गयी है, चचा। इसे हम किसी को भी नहीं दे सकते। मैना आदमी की तरह पढ़ती है, गाती है। बेटी विदाई के समय डोली में ले जा रही थी, सो उसकी डोली से पिंजड़ा उठा लिया। मेरे जो प्राण उसी में बसते हैं।''

तिवारी जी मुँह लटकाए लौट आये। सुनन्दा उनके चेहरे को पढ़ना अच्छी तरह जानती थी, इसलिए उन्हें धीरे से सहलाया, ''बाबूजी, फिर कोई वारदात हुई है क्या?''

''हाँ, बहू!'' वे तमतमाए बोले, ''आज फिर सुबह-सुबह बबनवा का लौंडा मुझे चिढ़ा गया। तुम्हारी ही चोट फिर उकस गयी, जैसे मैना मेरे गंजे सिर पर ठोर चला रही हो।''

सुनन्दा बहू बोली, ''बाबूजी, सोच से झूठे वहम निकाल दीजिए। इसे मनोरोग की तरह मत पालिए। आपने तो मुझे बेटे का लाड़-प्यार

दिया, छूट और सुविधा दी—आधुनिक बाप की तरह बेटा और बेटी में कोई फ़र्क़ नहीं किया—कर्मकांडी ब्राह्मण होने के बावजूद सामाजिक रूढ़ियों, अन्धविश्वासों में स्त्री के इर्द-गिर्द नाहक भरमे। मेरी जैसी स्त्री प्रतिकार में अनाप-शनाप बक जाती है। इसे आप नहीं तो कौन समझेगा? बराबर सामान्य और सहज रहिए। मैंने विधवापन के विपरीत चलने का जो विकल्प दिया है, उसे मुझसे मत छीनिए, बाबूजी। मुझे ग़लत रास्ते पर जाने से बचा लीजिए। असामाजिक बनने से रोकिए।''

बेनीमाधो तिवारी बच्चों की तरह निर्बन्ध फूट पड़े। सुनन्दा लपककर उनके आँसू पोंछने लगी। वे फफक-फफक कर बोलते रहे, ''मेरे वहम बहने दे बहू, मेरे संस्कारों की सरहदें टूटने दे। इसी में तुम्हारी भी भलाई है, मेरी भी।''

''हाथ-मुँह धो लीजिए, चाय लाती हूँ।'' उनका हाथ पकड़कर सुनन्दा उठाती है, ''चलिए।''

चुपचाप तिवारी जी टहलुआ की तरह उठ जाते हैं।

चाय पीते हुए तिवारी जी ने पूछा, ''यदु की बहू ने नामांकन कर दिया। तुम कब करोगी?''

''यह तो आप और मुखिया जी तय करेंगे न, बाबूजी?''

''नाटकवालों को ख़बर है?''

''हरिकिसुनी ने श्रीराम सिंह विधायक और भुनेसर महतो को ख़बर कर दी है।''

''नामांकन का दिन उन्हें कैसे मालूम होगा?''

''यह सब मुखिया जी की ज़िम्मेदारी है।''

वे जल्दी से मुखिया के घर की ओर निकल गये।

उन्हें अपना गंजा सिर सहलाने की आदत-सी बन गयी है। जैसे रास्ते में कहीं से मैना आकर बैठ गयी हो। वहम नहीं जा रहा है। कहीं से भी कोई आवाज़ हो तो उन्हें लगता है कि उन्हें चिढ़ाने के लिए कोई गा रहा है। सुनन्दा के हज़ार समझाने के बाद भी वे इस

वहम से मुक्त नहीं हो पा रहे हैं। हरिहर के दरवाज़े पर पहुँचकर उन्हें सुकून महसूस हुआ। उन्होंने आवाज़ दी, "हरिहर राउत?"

हरिहर एक ही आवाज़ में बाहर आ गया। उसे पीछे-पीछे भुनेसर महतो भी था। भुनेसर ने दोनों हाथ जोड़ लिये, "नमस्ते, बाबा! सुनन्दा जी कैसी हैं?"

जैसे मैना ने फिर उनके गंजे सिर पर ठोर चलाया हो। सिर सहलाते हुए हकलाए, "अच्छी है। तुम्हें याद किया है।"

"कुछ कहा है उन्होंने?"

"यही पूछा है कि नामांकन किस तारीख़ को करना है।"

"27 मई को परसों।"

"यही जानने के लिए उसने भेजा था। चलता हूँ अब।"

मुखिया ने टोका, "अन्दर आइए, बाबा? चाय तो पी लीजिए।"

"चाय पीकर आया हूँ।" उन्होंने कहा, "तुम लोगों के साथ यों ही बैठता हूँ। आओ।"

वे लोग मुखिया के दालान पर आकर बैठ गये। बैठते-बैठते तिवारी जी ने ही पूछ दिया, "यदु की बहू से सीधी टक्कर है या...।"

"नहीं बाबा, एक तीसरी भी है। उसे बाबू साहेब ने पैसा-कौड़ी देकर खड़ा कराया है।" हरिहर मुखिया ने बताया।

"कौन है वह?"

"मोहन राय के टोले की है वह— मेरी ही बिरादरी की महेश राय की औरत।"

"तब तो तुम्हारी बिरादरी का वोट काटेगी?"

"इस बार हमारे यहाँ पंचायत-चुनाव जाति का नहीं, जमात का है। एक तरह के लोगों की गोलबन्दी होगी। मगर जीत हमारे पक्ष की होगी।" हरिहर भविष्यवक्ता की तरह बोला।

इस बीच भुनेसर सुनन्दा के बारे में सोचता रहा। सुनन्दा के पार्टी-ऑफिस से लौटने के बाद भुनेसर की कोई मुलाक़ात नहीं थी। उसका

नाम आते ही मिलने की बेचैनी हुई, मगर सामाजिक वर्जनाएँ आड़े आ जातीं और जिज्ञासा दब जाती। वह नौजवान और कम्युनिस्ट दोनों था। भीतर-भीतर टकराहट चलती रही। परन्तु सन्तोष इतना ही था कि नामांकन के दिन तो बातचीत होनी है। इस मुखियागिरी के चुनाव से भी ज़बरदस्त लड़ाई अभी बाक़ी है। अभी लोकधर्म का निर्वाह चलता रहे, यही बहुत है। सुनन्दा की हिम्मत ही उसका सम्बल है।

27 मई, नामांकन का दिन, सुनन्दा तिवारी की जीत के जश्न जैसा था। तीनों के साथ गाँवों के हज़ारों औरत-मर्द, युवक-किशोर प्रखंड कार्यालय के एक मील दक्षिण बिसरा के बाग़ में इकट्ठे थे। 'युवा-नीति' की गायन-टीम गोरख के गीत से जनता को ललकार रही थी—

"बिहड़ रहिया भेयावन अन्हरियर हो कि चलि हो भइले ना
मनई मुकुति की ओर हो कि चलि हो भइले ना
जंगल परबत नदिया जनावर हो कि चारु ओरिया ना
घेरले मनई के राहा हो कि चारु ओरिया ना
दूर रहे फलवा नियरवा रहे पथरवा हा चलाई रे दिहले ना
फल पर पत्थर के बान हो चलाई दिहले ना
एक बान मरले दुसर बान मरले तिसरवें बनवा ना
कइले फल पर अधिकार हो तिसरवें बनवा ना

हज़ारों कंठों से आकाश गूँज रहा था। बीच-बीच में "भुनेसर महतो ज़िन्दाबाद, सुनन्दा तिवारी ज़िन्दाबाद" के नारे लगातीं औरतें नया समाँ बाँध रही थीं। सुनन्दा नामांकन के बाद सीधे मंच पर आ गयी।

यह घटना तिवारीपुर ग्राम पंचायत के लिए ही नहीं अपितु पूरे जनपद के लिए अजूबा घटना थी। ब्राह्मणी विधवा पंचायत की मुखिया थी,

चलो कोई बात नहीं। मगर उसने विधवा-विवाह कर लिया वह भी ग़ैर जाति के उस लड़के से जिसकी गणना सवर्णों में नहीं आती है। यह बात गले से नीचे उतर नहीं रही है कि वह उस लड़के के साथ इसी गाँव में रह रही है। वह भी अपने श्वसुर के साथ और श्वसुर भी कैसा अधम ब्राह्मण है कि लड़के के बारे में बताता है कि मेरे स्वर्गीय बेटे का पुनर्जन्म यही भुनेसर महतो है। अब तो चाहे जिएँगे या मरेंगे, मगर इसी गाँव में ही रहेंगे। परशुराम ने ऐसा हठ इस कुप्रथा के लिए नहीं किया था। बेनीमाधो तिवारी के ख़िलाफ़ कई-कई पंचायतें बैठीं। बिरादरी के प्रभावकारी लोगों का दबाव बना तब भी तिवारी जी पर कोई असर नहीं हुआ। उल्टे उन्होंने बिरादरी के पंचों को जवाब दिया कि अपने ही जनपद के मड़ई दूबे ने एक डोमिन से शादी रचाकर उसी डोम-टोली में रहने का प्रण लिया और डोमों के साथ मिलकर उनका पेशा कर जीने-खाने लगा तो उस दिन उसका सुख-चैन छीनने के लिए आप सब कहाँ थे! मेरी बहू ने तो मध्य जाति के लड़के को वरा है, मड़ई की तरह निचले पायदान पर भी नहीं उतरी है।

मड़ई दूबे की घटना आज़ादी के पहले की है, मेरी घटना तो आज़ादी के पचपन साल बाद की है, उदारीकरण के समय की है। उदारीकरण के जनक स्व. नरसिंह राव थे, जो ब्राह्मण थे। मुझे अपने ब्राह्मण होने पर नाज है कि मैंने उदारीकरण के सार्थक पक्ष को उजागर किया है। बेनीमाधो तिवारी ने ललकारते हुए कहा "पंचो नयी राह में बहुत सारी दुश्वारियाँ है। मेरी संस्कारगत कुंठाओं को मेरी बहू और भुनेश्वर जैसे नौजवानों ने हर बार तोड़ा है। एक उदाहरण देता हूँ। मैला ढोने की कुप्रथा आज भी कई इलाक़ों में जारी है। मध्य प्रदेश के देवास जिले में एक गाँव है—भरौसा। बाल्मीकि जाति की किरनबाई बस्ती के बीचोबीच मिट्टी के बने चबूतरे पर महिलाओं और बच्चों को यह गीत सिखा रही हैं—'सुनो-सुनो गाँव की बहनों मैला ढोना बन्द करो, नारायण जी की बात सुनो मैला ढोना बन्द करो। आवाज़

दो हम एक है—झाड़ू-टोकर तोड़ दिया। मैला ढोना छोड़ दिया।' सामाजिक न्याय का रास्ता निकल चुका है। मेरी बहू ने नयी चेतना दी है। उसकी बड़ी लम्बी लड़ाई है—जाति-सम्प्रदाय की दुश्वारियाँ ख़त्म करने की, विकास के रास्ते की ऐसी सारी दुश्वारियाँ तोड़ने की। मैं उसकी राह का राहगीर हूँ। आप भी शामिल हो जाइए मेरे साथ।''

पंचों को काठ मार गया था। सभी कामगारों को एक जाति में बदलने का बीड़ा उठा लिया है बूढ़े बेनीमाधो तिवारी ने। तिवारी जी पंचायत में देर तक ठहरने की स्थिति में नहीं थे। वे हाथ जोड़कर बोले, ''पंचो, अपने विधायक श्रीराम सिंह के विधायक कोटे से 'संस्कृति भवन' के निर्माण के लिए ज़िला कलेक्टर की चिट्ठी मिल गयी है। आज से ज़मीन की नापी का काम चलने वाला है। ज़मीन मैंने 'संस्कृति भवन' के लिए दी है। मेरी उपस्थिति वहाँ ज़रूरी है।''

पंच मुँह बाए रहे। तिवारी जी छड़ी लहराते उठ गये। सबसे ज़्यादा सुखदेव तिवारी और आर्थिक तौर पर भूमिहीन बबन तिवारी को बहुत बुरा लगा। ''बताइए भला, पंच परमेश्वर को ठेंगा दिखलाकर चला गया बेनीमाधो। इसके बाप थे मुक्तिनाथ बाबा जिन्होंने महात्मा गाँधी तक को बर्दाश्त नहीं किया था। कट्टर सनातनी हिन्द थे पं. मुक्तिनाथ तिवारी, उन्हीं का कुलबोरन है यह बेनीमधवा, कुलच्छनी पतोह से ज़रूर इसका नाजायज सम्बन्ध है। भुनेसर कोइरी तो बहना है।'' मुखदेव तिवारी चिल्लाया, ''यह आप सभों का अपमान नहीं, पूरे तिवारीपुर का अपमान है। हम बेनीमाधो की पतोह को अपने यहाँ बरदाश्त नहीं करेंगे। उसे खींचकर पंचायत में बुलाया जाए।''

किसी पंच ने सुखदेव को समझाया, ''ख़बरदार सुखदेव तिवारी यह हमारी पंचायत है, नान्ह-रेआन की नहीं है कि पतोह व बेटी भरी पंचायत में बुलाई जाए। बैठ जाइए 9-10 घंटे से माथापच्ची कर रहे हैं, कोई फ़ायदा नहीं हुआ। उलटा वही ठेंगा दिखला गया।''

बेनीमाधो का उनकी आवाज़ पीछा करती आ रही थी। वे दाँत

किटकिटाते बुदबुदाते रहे ढोंगी लोगों को जाति-धर्म के नाम पर बेटी-पतोह की लोकलाज की परवाह नहीं है। हमसे ज़्यादा पवित्र तो वो लोग हैं, जिन्हें नान्ह-रेआन कहते हैं। वे जो भीतर हैं, वही बाहर भी हैं। ये द्विज स्त्री के प्रति इतना गलीज़ ख़्याल नहीं रखते। मैंने तो बाबा महात्मा गाँधी पर पथराव का प्रायश्चित किया है।

उनके स्थल पर पहुँचने के पहले से सुनन्दा, भुनेसर, हरिहर यादव, लगनराम और हरकिशुनी सहित गाँव-जवार के दर्ज़नों स्त्री-पुरुष मौजूद थे। यहाँ तक कि 'संस्कृति भवन' का शिलान्यास करने वाले विधायक श्रीराम सिंह भी पहुँच गये थे।

ऐसे भवन विधायकों की कल्पना में भी नहीं होते मगर धुर गाँव-देहात में ऐसी सांस्कृतिक कल्पना एक नयी बात थी। बेनीमाधो तिवारी गद्गद् होकर कहने लगे, "आपकी विधायकी सार्थक हुई, बबुआ जी। सांस्कृतिक क्रान्ति का बीजारोपण हुआ आज तिवारीपुर में, बिना सांस्कृतिक उथल-पुथल के परिवर्तन असम्भव है।" जब तिवारी जी बोल रहे थे तो मैना ऊपर से गाते हुए गुज़र रही थी—एक दिन राजा मरलें आसमान में उड़त मैना, बान्हि के घरे ले अइले मैना ना!... तिवारी जी ने पलटकर आसमान की ओर देखा। मैंना उन्हें देखकर बार-बार चक्कर मार रही थी। सभी के साथ तिवारी जी को भी मैना का गाना अच्छा लग रहा था।

"मैना हमें आगाह कर रही है, विधायक जी!"

"किससे बाबा?"

"विकास के दुश्मनों से जो मानवीय अधिकारों पर गुंजलक मारकर बैठे हैं।" तिवारी जी ने श्रीराम सिंह की पीठ थपथपाई, "जो बात अबतक की सरकारों की बुद्धि में नहीं आयी उसे आपने इस गाँव में साकार किया है, यह सभी विधायकों के लिए उदाहरण बने।"

श्रीराम सिंह कहने लगे, "इस भवन में पुस्तकालय, वाचनालय तो होगा ही, एक सांस्कृतिक पत्रिका भी इस गाँव से प्रकाशित होगी, सम्पादक यही सुनन्दा और भुनेसर होंगे और आप उसके संरक्षक।"

तालियों के साथ मैना भी चक्कर काटती हुई गाने लगी। तिवारी जी ऐसे उत्साहित हुए कि कहने लगे, ''इधर आ हरसिंगार बेटी। एक ऐसा गीत गा कि हम अब एक साथ बदल जाएँ।''

हरिकिशुनी भीड़ से निकलकर मंच पर आ गयी और भुनेसर तथा सुनन्दा के साथ गाने लगी।

बीहड़ रतिया भेआवन अन्हरिया हो
कि चली हो भइले ना
मनई मुकुति के ओर हो
कि चली हो भइले ना
जंगल परबत नदिया जनावर हो
कि चारु ओरिया ना
घेरले मनई के हो रतिया
कि चारु ओरिया ना
दूर रहे फलवा नियर रहे पथरवा
ही चलाई दिहले ना
फल पर पत्थर के बान हो
चलाई दिहले ना
एक बना मरले दोसर बान मरले
तिसरवे बनवा ना
कइले फल पर अधिकार हो
तिसरवें बनवा ना

उपस्थित जनसमुदाय का कंठ सुरसुराया, वे भी हरिकिशुनी के साथ गाने लगे। बेनीमाधो के ख़िलाफ़ चल रही पंचायत स्वर के बाणों से तिलमिलाई तो बिखरने लगी। इधर श्रीराम सिंह बोल रहे थे— ''गोरख पांडे आज भी हमारे भीतर जीवित हैं। उन्हीं के कंठ हमारे भीतर भी फूटे हैं। सभी उनके सुर में सुर मिलाकर नया आदमी गढ़ने का संकल्प लें।...''

सभी को अपने घर से विदा करने के बाद तिवारी जी ने भुनेसर से पूछा, "तुम भी जा रहे हो, बेटा।"

"हाँ, बाबा" भुनेसर ने कहा, "एक दो दिनों में लौट आऊँगा।"

बीच में सुनन्दा बोल पड़ी, "अकेले मत आइएगा? मेरी बात नहीं मानते आप। मुझे साथ नहीं ले जाते, क्यों?"

भुनेसर असमंजस में पड़ गया। इच्छा थी कि सुनन्दा को भी साथ ले ले। मगर ध्यान आया, बाबा अकेले रह जाएँगे। उसने कहा, "बाक़ी जिम्मेदारी हरिहर जी की है।"

"सारा गाँव बाबा और सुनन्दा जी के साथ है। हमारी चिन्ता तो भुनेसर जी हैं।" हरिकिशुनी बोली।

तिवारी जी ने कहा, "हमारे बीच हरसिंगार है तो चिन्ता किस बात की है।"

सभी खा-पीकर विदा हुए तो हरिकिशुनी बोली, "मैं रात भर यहीं दीदी के साथ रह जाऊँगी।" हरिहर भी दालान में ही सो गया।

लेकिन उसे नींद नहीं आ रही थी। तरह-तरह की आशंकाएँ कान को कुरेद रही थीं। सामाजिक परिवर्तन का रास्ता सबसे जोख़िम भरा है। किसी कवि की सुनी कविता उसके मन में उतर आयी कि कैसे धुर गाँव में पूँजी और सामन्ती गठजोड़ हत्था मार रहा है। हमें नेपथ्य में ढकेल उनका नाटक मंच पर चले यह हमें बरदाश्त नहीं है। मंच हमारा है तो हमारा नाटक चलेगा। जबतक समाज हमारा साथ देगा, हम एक स्वर बन संघर्ष करते रहेंगे।

एक पत्थर का टुकड़ा छत पर बाहर से आकर गिरा तो पूरा मकान झनझना गया। हरिहर और तिवारी जी साथ हो उठकर बाहर अँधेरे में आये तो चारों तरफ़ अँधेरा सन्नाटा बुन रहा था। हरिकिशुनी ने कटार कमर से निकालकर हाथ में ले लिया और सुनन्दा के साथ आँगन में चहलक़दमी करने लगी।

हरिहर ने उन्हें समझाया, "चलिए बाबा अन्दर। भीतर के दुश्मन क़ी तलाश आसान नहीं होती। चैत के बादल सिर्फ़ चैत के नहीं हों

तो हत्था का थाह बड़ी मुश्किल है।''

तिवारी जी का सन्नाटा अनुगूँज में बदलता जा रहा था। ऐसे संकट में भुनेसर को अभी नहीं जाना चाहिए था। जाता तो सुनन्दा बहू को साथ लेकर जाता। सह लूँगा सब कुछ अकेला मन से पूछते हैं बता कौन हो सकता है।

''यदु सिंह का ख़ानदान?''

''नहीं।''

''तब कौन?''

''सुखदेव तिवारी चाहे बबन तिवारी।''

अनायास तिवारी जी के मुँह से ज़ोरदार आवाज़ निकल गयी, ''ईस्साला बबनवा भुक्खड़ की औलाद? जाति बिरादरी उसे रोटी के लिए पूछेगी? बेकार में सुखदेउआ की दलाली में ईंट-पत्थर फेंक रहा है। मैं गाँधीवादी हूँ। हिंसा मेरा कुछ नहीं बिगाड़ सकती। अहिंसा में हिंसा से टकराने का अकूत बल है।''

हरिकिशुनी, सुनन्दा, यहाँ तक कि हरिहर भी सभी चिढ़ गये, जैसे बाबा ने पत्थर फेंकनेवाले को अँधेरे में पहचान लिया हो।

''कौन था बाबा?'' सभी ने एक साथ पूछा।

''बबनवा था।''

सुनन्दा कहने लगे, ''बाबूजी को जब-तब वहम हो जाता है। इन्हें मनोरोग है। पहले बबन तिवारी की मैना से चिढ़ते थे। बाद में बबन तिवारी की मैना से प्यार हो गया। उसे साथ लेकर घूमते थे। अब बबन तिवारी से चिढ़ते हैं।''

''चोप्प।'' कसकर डाँटा तिवारी जी ने। ''तुम्हें क्या मालूम कि बबनवा पंचायत में कैसी-कैसी हिंसक बातें बोल रहा था। उसी हरामज़ादे की करतूत होगी रोड़ेबाज़ी, पंचों का मुख़बिर बना था।''

''मुझे क्षमा कर दीजिए, बाबूजी। मैं ही सीमा-पार बोलने लगती हूँ जब-तब'' सुनन्दा बोली।

तिवारी जी डबडबा गये। "तुम मेरी प्राणप्यारी बेटी हो, जानता हूँ, बोलने के पीछे तुम्हारी परायी नीयत नहीं है। बेटी, जिस धन के लिए पहले मरता था, आज मुझे धन से वितृष्णा है। हिंसा, पाप, युद्ध, कटुता, ईर्ष्या सबकी जड़ धन है। कबीर महान आत्मा थे, दुनिया के सबसे बड़े अर्थशास्त्री जो, कहते थे साईं इतना दीजिए, जा में कुटुम्ब समाय। मैं भी भूखा ना रहूँ साधु न भूख जाय। इसके अलावा धन की मुझे कोई आवश्कयता नहीं है। बाक़ी सब समाज का है। मेरे कुटुम्ब में तीन ही परिवार है—मैं, मेरी सुनन्दा और भुनेसर। इनके अतिरिक्त मेरे घर जो आता है, वह भूखा नहीं रहे। बाक़ी सब समाज में बाँट दो।"

इसी तरह रात जल्दी बीत गयी। सूर्योदय के पहले ही तिवारी जी 'संस्कृति भवन' की ओर निकल गये।

संस्कृति भवन का ऑडीटोरियम बनकर तैयार था। फर्नीचर और कुर्सियों का काम चल रहा था। भवन-कमिटी के सदस्य निगरानी में लगे थे। सुनन्दा और भुनेसर ऑडीटोरियम के मंच पर आमने-सामने कल्पनाओं में तल्लीन थे। सुनन्दा जैसे सोच में डूबी हुई थी, भुनेसर ने उसकी तन्द्रा तोड़ी, "सुनन्दा।"

"क्या है।"

"मैं सोच रही थी भुवन, हम इसके उद्‌घाटन के दिन अपना नाटक 'माँ' खेलेंगे। तुम्हें अब मैं भगत सिंह की माँ अच्छी लगूँगी?"

"तुम साक्षात माँ लगती हो।"

"भुवन! अब मैं तुम्हारी पत्नी हूँ।"

"इससे क्या फ़र्क़ पड़ता है। अगर सही ज़िन्दगी में हम पति-पत्नी हैं तो नाटक..."

उसकी नज़र सामने खड़ी हरिकिशुनी से टकरा गयी, "तुम हरिकिशुनी, भगत सिंह की माँ का रोल कर सकती हो।"

हरिकिशुनी खिलखिलाकर हँस पड़ी। "यह ख़्याल आपको अनायास कैसे आया?"

"भुनेसर मेरे पति हैं, हरसिंगार।"

"आपलोग घरेलू गप बन्द कीजिए। ऑडीटोरियम में पाँच हज़ार लोगों के बैठने की क्षमता है।" भुनेसर ने बात बदल दी "ऐसा ऑडीटोरियम हमारे गिने-चुने शहरों में होगा। धुर गाँव में हमारा यह 'संस्कृति भवन' सबको चौंकाने वाला होगा। हमारे सपनों का नया लोक।"

"भुनेसर जी" हरिकिशुनी ने पूछा, "यह वाचनालय क्या होता है?" भुनेसर ने कहा, "जहाँ लोग बैठकर किताबें अख़बार, पत्रिकाएँ पढ़ते हैं यह वाचनालय कहलाता है।"

"पुस्तकालय तो पूरी तरह से किताबों से भर गया है। पूरी किताबें पाँच लाख की हैं न दीदी?"

"हाँ, हरकिशुनी।" सुनन्दा बोली हमारा पुस्तकालय उस दिन पूरा होगा जिस दिन हरकिशुनी की लिखी किताब इस 'संस्कृति भवन' में आएगी।

"आएगी दीदी, आएगी।" हरकिशुनी स्वप्निल हो कहने लगी, "मैं भी लिखूँगी अपने गाँव पर किताब।"

"तब तो हमारा यह 'संस्कृति भवन' सार्थक हो जाएगा। हमें कुछ-न-कुछ रचते रहने के लिए यह 'संस्कृति भवन' हमारा प्रेरणा-स्रोत है। भुनेसर जी, गोरख पांडे के गीत और तुम्हारी रचना हमारी धरोहर होगी, हरकिशुनी।"

बेनीमाधो तिवारी जल्दी घर से तैयार होकर आ गये थे। उनके साथ उनकी भौजी भी थी। सुनन्दा आसमान से गिरी, "ईआजी, आप?"

"बेनीमाधो से इस भवन की बड़ाई सुनकर चली आयी।" उन्होंने चरण छूती सुनन्दा को उठाकर गले लगा लिया और आगे कहने लगी, "मेरे लिए तो यह देवथान जैसा है। चली आयी कि यहाँ आकर मेरा सारा कलुष धुल जाए। मैंने तुम्हारे ख़िलाफ़ बहुत बुरी बातें कह दी थीं। मुझे माफ कर देना, बहू। तुम सचमुच लक्ष्मी की अवतार हो।"

बेनीमाधो तिवारी उनके बदले कहने लगे, "इनकी हार्दिक इच्छा

है तुम्हारे हाथ से भोज-भात खाने की, तभी इनका प्रयश्चित भी होगा।''

''कैसा प्रायश्चित ईआजी।''

''अपने भीतर का कलुष धोने का।''

''आपकी बहू हूँ। आज ही शाम आप लोग आ जाइए।''

सभी गोतिया-बिरादरी प्रायश्चित कर रहे हैं। भुनेसर भी निकट आ गया था। ''इन्हें प्रणाम कीजिए, भुवन जी। ये हमारी सासुजी हैं।''

भुनेसर ने उनके पाँव छुए। भौजी ने दोनों बाहें फैलाकर उसे उठा लिया, ''लड़का तो हीरा रतन है, बेनी बबुआ।''

''मैंने इसमें अपने बेटे का पुनर्जन्म देखा है, भौजी।''

''तुम्हारे साहस की बलिहारी है बेनीमाधो। बहू सुहागिन हुई। इसके दिन बहुरे।'' भौजी ने आशीर्वादों की झड़ी लगा दी।

अनेक लोगों के लिए 'संस्कृति भवन' घर-आँगन बन गया था; उनमें भौजी एक थीं। वे देवथान समझकर यहाँ आतीं और सुनन्दा के साथ बात-विचार कर अपने मन को तृप्त करतीं। बल्कि मन का कलुष साफ़ करतीं। औरतों के बीच बनते रिश्ते एक शुभ लक्षण थे। ख़तरा तो हमेशा पुरुष सत्ता से है जो धर्म, शास्त्र और रूढ़ि से संचालित होता है और अपना ही नियम हर समुदाय पर थोपता ही नहीं है, बल्कि उसे चालू रखने में अपनी सारी ताक़त झोंक देता है। प्रतिवाद या प्रतिरोध को कुचलने के लिए उसके पास सामाजिक और आर्थिक बेड़ियाँ है। पं. बेनीमाधो तिवारी के जेहन में ये सारी चीज़ें हैं और वे बराबर भयभीत रहते हैं। अपने गोतिया की भौजी की उदारता से वे उतना उत्साहित भी नहीं है। उन्होंने अपनी जाति-बिरादारी की लक्ष्मण रेखा को लाँघ दिया है। यह सब कुछ उनके द्वारा निर्णीत कदम नहीं थे, बल्कि अनायास होता गया है। पुरातन और नूतन का द्वन्द्व हमेशा उनके लिए टेंशन बना रहता है। न पूर्णतया नया बन पाते हैं, न सम्पूर्ण पुरातन का ही परित्याग कर पाते हैं। प्रकृति और मनुष्य के बीच सामाजिक चलन से जूझना तिवारी जी के वश की बात नहीं

है। उनके भीतर मेमने-सा शिशु मन भावी आशंकाओं की कल्पना से काँपता रहता है। भौजी जब-तब बाहरी ख़बरें लाकर सुनाती हैं तो तिवारी जी घबड़ा जाते हैं। एक मन यही करता है कि बहू सुनन्दा और भुनेसर को इस गाँव-गिराव से सुदूर कहीं भेज दें, जहाँ कुकर्मी सामाजिक बन्धनों का साया भी नहीं पहुँच सके।

भौजी की एक ख़बर ने तिवारी जी की नींद फिर उचाट दी है। दो-तीन रात से गुमसुम दालान में बैठे सोचते रहते हैं। क्या भौजी की ख़बर सही है कि बबन की मैना को बेनीमाधो के ख़िलाफ़ बुरी-बुरी बातें सिखा रहे थे तो मैना ने नहीं सीखा। उन्होंने मैना को दाना-पानी देना बन्द कर दिया। भूखी-प्यासी मैना ने पिंजड़े की डोर काट दी और हमेशा के लिए उड़ गयी। यह ख़बर उतनी बेधक नहीं थी, जितनी पंचों की राय से बहू सुनन्दा को उठाकर रंगीला सिंह के हवाले कर कोलकाता-मुम्बई के बाज़ारों में बेचने की ख़बर थी। बहू ने उन्हें समझाया, ''दुःस्वप्न दुष्टों के हैं, बाबू जी हक़ीक़त नहीं है।''

तिवारी झुँझलाकर उसे डाँटने लगे, ''ये पंच समाज के दुष्टों की जमात है। उनकी बेचैनी तक तक शान्त नहीं होगी, जब तक अपनी सोच को अन्जाम नहीं दे देते।''

''हमलोग कुछ दिनों के लिए बाहर चलें जाएँ, बाबूजी।'' सुनन्दा काफ़ी गम्भीरता से बोली।

''मैं भी यही सोच रहा हूँ।''

''मगर कहाँ। हर जगह ये लोग मौजूद हैं।''

''बबनवा की बहुत ठन रही है रंगीलवा से इन दिनों।''

सुनन्दा ने कहा, ''दुनिया की हर चीज इनके लिए मंडी है। रंगीला का तो ज़माने से यही धन्धा है। चिन्ता मत कीजिए। हमारे लोग उन्हें नोच लेंगे।''

''यही दो—हरकिशुनी और हरिहर यादव, बस न?''

''दो नहीं, हज़ारों।''

"तुम्हारे ग़ायब होने के बाद न?"

सुनन्दा चुप हो गयी।

"हम मुठभेड़ के लिए तैयार हैं" भुनेसर ने अपनी चुप्पी तोड़ी, "कल से हम 'संस्कृति भवन' में ही हज़ारों लोगों के साथ रहेंगे।"

"इसका मतलब है," तिवारी जी बोले, "हम मुठभेड़ के पहले ही मारे गये।"

"मतलब बाबा?"

"कायरों की तरह भागते फिरेंगे?" वे दृढ़ता से कहने लगे, "मरेंगे चाहे जिएँगे, मगर तिवारीपुर में ही रहेंगे?"

सुनन्दा और भुनेसर उनकी बात से बगबगाकर खिल गये।

इसी तरह सोचते, बातें करते कई रातें बीतीं। आशंका-भय के बीच हँसी-खेल भी जारी रहा कि एक दिन तिवारी बाबा झटककर 'संस्कृति भवन' की ओर सुबह-सुबह जा रहे थे। पता नहीं कहाँ से उड़ती हुई मैना आकर उनके कन्धे पर चुपचाप बैठ गयी। बाबा चलते रहे, विजयी मुस्कान हँसते रहे, जैसे खोयी निधि अनायास मिल गयी हो, वे उल्लास में मैना को कन्धे पर बिठाये गाँव घूम गये। बबन के दरवाज़े से गुज़रे तो मैना ने डरकर पाँखें फड़फड़ाईं, जैसे उसे पकड़ने के लिए बबन तिवारी पीछे-पीछे आ रहा हो। तिवारी बाबा उसे ढाढ़स देते हुए फुसफुसाए, डर मत बेटा। मैं तुम्हारे साथ हूँ। बबन हमारा बाल भी बाँका नहीं कर सकता।

लेकिन बबन तिवारी ने देख लिया था। वह सुखदेव तिवारी के घर को दौड़ा। सुखदेव भैंस दूहने बैठा था। वह आते ही बोला, "सुखदेव चा, देखिए यह अनेता अब बर्दाश्त नहीं हो रहा।"

"क्या हुआ, बचवा?" सुखदेव तिवारी ने दुहते हुए पूछा, "मैना चुराकर बेनीमाधो पंडित गली-गली घूम रहे हैं, जैसे मैना उनके बाप की हो।"

सुखदेव दूध दूहकर उठ गया था। उसने बाल्टी घर के अन्दर

भेजकर कहा, ''पं. बबन तिवारी, मेरा कहा मान तो अभी जाकर थाने में चोरी का केस कर दे।''

बबन बोला, ''चा चलिए न आप भी साथ? मुझ गरीब को देखकर दारोगा मजाक समझेगा। आपसे बल पड़ेगा।''

सुखदेव जला-भुना था ही, उसी समय बबन के साथ थाना चल दिया।

दारोगा मुन्नी पासवान सुखदेव तिवारी की चीन्ह-पहचान का था। पूरे क्षेत्र में ज़ालिम सिंह के नाम से कुख्यात था। बहुत कम लोग उसे असली नाम से जानते थे। ग़रीब दलित उसके नाम से थर-थर काँपते थे। पहुँचते ही तिवारी जी बोले, ''प्रणाम, दारोगा जी।''

''आइए, तिवारी जी, आइए न'', दारोगा मुन्नी पासवान ने पूछा, ''कोई आफ़त में पड़े हैं का?''

''बहुत प्रतिष्ठा का मामला है। यह बबन मेरा गोतिया का भतीजा है। इसी की मैना एक आदमी ने चुरा लिया और मैना के साथ खुलेआम घूम रहा है।''

दारोगा पासवान कड़का, ''कौन है? अभी थाने के अन्दर घसीटकर मँगवाता हूँ।''

''वह है बेनीमाधो तिवारी।''

बेनीमाधो नाम सुनकर दारोगा थोड़ा नरम पड़ गया। ''वही न, मुखिया जी के श्वसुर?''

''हाँ, हाँ वही।''

''उन्हें धन की क्या कमी है कि चोरी करने की आवश्यकता पड़ी।''

''अपना-अपना स्वभाव। जवानी में खूब घूस कमाये। लालची मन तो रहिए गया न? बेचारा ग़रीब आदमी बबन तिवारी, सोनपुर मेले से परसाल मैना सौ रुपए में ख़रीद कर लाया था।''

दारोगा को घूस के प्रति हिकारत सुनकर अच्छा नहीं लगा। उसने

कहा, "मैं आपके गाँव में आता हूँ। उन्हें समझा-बुझाकर मैना दिलवा देता हूँ।"

"सनहा नहीं लिखेंगे?"

दारोगा ठठाकर हँसा "चिरई-चुरुंग पर दफा लगाने में मजा नहीं आएगा।"

सुखदेव तिवारी की बेनीमाधो के ख़िलाफ़ हिम्मत बढ़ी।

"बहुत बड़ा मामला है, सरकार, लड़का अपहरण का।"

"कैसा अपहरण, तिवारी जी?"

"आपको नहीं मालूम का?"

"बिलकुल नहीं मालूम।"

"बेनीमाधो ने अपनी विधवा बहू से ब्याहने के लिए एक कुजात कमसिन को अपने घर में अगवाकर लिया है। दूसरा मामला बनता है ई कि ससुरा एक नम्बर का नक्सलाइट है। पूरे गाँव को बलवा करने के लिए उकसा रहा है। हाल में बेनीमाधो के ख़िलाफ़ बिरादरी की पंचायत बैठी थी, हमने उनको बिरादरी से बाहर कर दिया है।"

दारोगा को सुनने में बड़ा मज़ा आया। उसने पूछा, "ऐसा चलन तो आपकी जात-बिरादरी में नहीं था। यह सब तो हरिजन-पिछड़े में है।"

"पतोहिया जो मुखिया है, वह नक्सलियों को बुलाकर 'संस्कृति भवन' में रखती है। आप मामला बना दें तो सरकार उस भवन को अपने क़ब्ज़े में ले लें और गाँव की मर्यादा भी रह जाए।"

मुँहफट दारोगा बेलौस बोला, "इसमें बहुत माल-पानी का खर्चा है। ऊपर तक पहुँचाना पड़ता है।"

"हम तैयार हैं, सरकार।" सुखदेव तिवारी का साहस बढ़ा, "खुलकर संकेत करिए?"

"फिलहाल तो मेरे पास तीस हज़ार पहुँचा दीजिए। बाक़ी बातें ऊपर से आदेश मिलने पर। थर्ड डिग्री यातना का नाम सुना है!"

“हम का जानें देहाती भूचड़ सरकार।”

“आई. ओ. अपने तरीके से सही तफतीश करता रहता है, लेकिन जब उस पर त्वरित रिजल्ट के लिए उच्चाधिकारियों का दबाव होता है तथा वह काम के तनाव में निर्दोषों पर थर्ड डिग्री लागू करता है। ऐसे बेकसूरों की थर्ड डिग्री यातना के लिए एक सूची बनाकर दीजिए। विरोध में हाथ उठे भी तो आसानी से कुचल दिए जा सकते हैं।”

दारोगा मुन्नी लाल पासवान एक साथ सुखदेव तिवारी को बड़ा भारी विद्वान, कानून का जानकर और अपना संरक्षक लगा है। वह पंचों के सामने दारोगा की बातें रखेगा और रुपयों की व्यवस्था कर लेगा। बिरादरी की नाक कटने से बचने का सवाल है। बेनीमाधो से बदला लेने का यही सुनहला अवसर है।

दारोगा पासवान की चाय पीकर दोनों लौट आये। दारोगा ने इतना किया कि सिपाहियों के साथ मोटर साइकिल से तिवारीपुर का एक-दो चक्कर मार गया। लेकिन बेनीमाधो तिवारी से कुछ पूछने की उसकी हिम्मत नहीं हुई। उसे थर्ड डिग्री की सूची का इन्तजार था। दारोगा हरिजन टोली से गुज़रने लगा तो उसने एक ग्रामीण को रोककर पूछा, “हरिकिशुनी औरत कौन है?”

“वह लगनराम की मेहरी है, सरकार।”

“उसे बुला सकते हो?”

“अभी बुलाकर लाता हूँ।”

हरिकिशुनी आयी तो दारोगा ने पूछा, “क्या करती हो?”

हरिकिशुनी हाथ जोड़कर बोली, “तिवारीपुर पंचायत की पंच हूँ और मजूरी करके परिवार पालती हूँ।”

उसकी कमर में कटार देखकर दारोगा चौंका। उसने पूछ दिया, “कम्युनिस्ट भी हो?”

हरिकिशुनी कुछ बोली नहीं। चुपचाप जाने लगी तो दारोगा ने भी उसे जाने दिया।

वह थाने लौटने लगा तो रास्ते भर सोचता रहा, यहाँ थर्ड डिग्री की बहुत सम्भावनाएँ हैं। उसने सिपाही को सुखदेव तिवारी को बुलाने के लिए रास्ते में पैदल पठा दिया और अपने आवास की ओर चल पड़ा।

दारोगा के पहुँचते-पहुँचते सुखदेव तिवारी आ गया था। लेकिन दारोगा आते ही खाना खाने लगा था। सुखदेव ने ख़बर भिजवाई तो वह खाकर सो रहा था। सुखदेव का गद्‌गद् मन उदास हो गया था। ख़ुद बुलाकर अन्दर छिप गये दारोगा बाबू! दूसरा कोई होता तो सुखदेव फौरन लौट जाता, मगर दारोगा बहुत बड़ी हस्ती होता है।

लगभग दो घंटे बाद दारोगा बाहर निकला तब तक बैठा-बैठा सुखदेव एकदम अलसा गया था। भूख भी लग रही थी। ऊब चुका था। परन्तु बोला, "आपने बुलाया था, हुजूर।"

"हाँ", दारोगा ने कहा, "आज फिर गाँव का चक्कर लगाया है। सूची लाये हैं?"

"लाया हूँ हुजूर।" उसने दारोगा को थमा दिया। दारोगा पढ़ने लगा, "हरिहर यादव, हरिकिशुनी?" इस नाम पर अटक गया। सचमुच, यह खूँखार औरत है। पंचों से दस्तखत कराया है?

"जी, हाँ। उनका दस्तखत पिछले पन्ने पर है।"

"पंचायत के भी लोग हैं।"

"एक हैं, यदु सिंह। यहाँ उनका दस्तखत है।"

थोड़ी देर बाद सुखदेव लौट आया।

रास्ते में मैना की नज़र पड़ी तो वह चीखती हुई बाहर की ओर भागी, सुखदेव बुदबुदाया, "साली हमारा अन्न खाकर दगा दे गयी।"

सत्ता बराबर नक्सलवाद, आतंकवाद और डकैती को एक साबित करना चाहती है। वह तमाम तरह के विरोध को एक जैसा क़रार देना चाहती है। यह अमेरिकी सोच की उपज है। एक तेज़-तर्रार पत्रकार का मानना है कि यह भूमंडलीकरण की नीतियों के ख़िलाफ़ आन्दोलनों

को दबाने की दूरगामी रणनीति का हिस्सा है। लोकतान्त्रिक देश में पुलिस आराम से अब कह सकती है कि मारे जानेवाले नक्सलवादी हैं या आतंकवादी। ये सभी असामाजिक तत्त्व होते हैं। बिहार के एक तत्कालीन आई. जी. ने बताया था कि हज़ारीबाग के मैथन में कई राज्यों के पुलिस अधिकारियों की बैठक हुई थी। इसी में पंजाब के अधिकारियों ने डकैतों के बारे में बताया कि उन्होंने बड़े आराम से समाधान निकाल लिया है। उन्होंने जिन्हें पकड़ा उन्हें पेड़ से बाँधकर उड़ा दिया। पंजाब में इस तरह मुठभेड़ के नाम पर कई हत्याएँ हो चुकी हैं, जिसे नक्सलवादियों के ख़िलाफ़ भी इस्तेमाल किया गया।

असल में हमारे यहाँ पुलिस का मौजूदा ढाँचा अँग्रेज़ों की देन है। भारतीय ग़ुलामों को दबाने के लिए इसका इस्तेमाल करते थे। उनकी यह दमनकारी नीति आज भी जारी है। राजनीतिक और सामाजिक कार्यकर्ताओं की हत्या नक्सलवादी और आतंकवादी के नाम पर की जाने लगी। नक्सलवाद के नाम पर दलितों, खेत मज़दूरों और किसानों की हत्या आम बात हो गयी है। गाँवों में सामन्ती तत्त्व पुलिस की खुफ़ियागिरी करते हैं। तिवारीपुर में ऐसे ही तत्त्व यदु सिंह और सुखदेव तिवारी हैं। दारोगा मुन्नीलाल पासवान को ऐसे ही तत्त्वों की तलाश थी। इनके माध्यम से तिवारीपुर के सत्रह असामाजिकों की सूचना हाथ लगी है।

डी.एस.पी. के साथ मिलकर सामन्ती तत्वों ने दारोगा पर दबाव बनाया कि उन असामाजिकों को किस प्रकार दमन के दायरे में लाया जाए। अभी रणनीति तैयार ही की जा रही थी कि एक बड़ी घटना घट गयी। पं. बेनीमाधो तिवारी की हत्या कर लाश विसरा के बाग़ में फेंक दी गयी थी। हत्या कहीं और की गयी थी, क्योंकि लाश जहाँ पड़ी थी वहाँ ख़ून का एक कतरा भी नहीं था।

भोर में आग की तरह ख़बर फैली कि तिवारी बाबा मार दिए गये हैं। सूरज उगने के पहले अवार-जवार के लोग बिसरा के बाग के चप्पे-चप्पे में पसर गये थे। उनके दुश्मन भी हैरान थे कि यह अनहोनी

कैसे हो गयी। डबडबायी आँखें लाश को चारों तरफ से घेर कर बैठी हुई थीं, डी. एस. पी. हैरान था कि यह घटना, नक्सलवादी नहीं है तो हत्यारा कौन है? सामन्तों ने शक की सुई भुनेसर महतो की ओर घूमा दी थी। मगर पुलिस को लगता था कि भुनेसर महतो उनकी सम्पत्ति का वारिस है और गोद लिया हुआ बेटा है तो वह हत्या क्यों करेगा? उनके संरक्षण में सभी असामाजिक थे तो वे बेवजह उनकी हत्या क्यों करेगे? श्रीराम सिंह विधायक जो अपने क्षेत्र में ही बराबर रहते थे, जल्दी पहुँच गये थे। उन्होंने बयान दिया कि बेनीमाधो तिवारी की रजामन्दी से सुनन्दा और भुनेसर प्रणय-सूत्र में बँधे थे। इस विवाह का विरोध करने वाले गाँव के ही कुछ सामन्त थे। इनकी हत्या में उन्हीं का हाथ हो सकता है। वहाँ आयी जनता ने नारेबाजी से विधायक के बयान पर मुहर लगा दी। परन्तु पुलिस असलियत जानते हुए भी असल को प्रकट होने देना नहीं चाहती थी। इसलिए प्रमुख जातियों के कुछ लोगों का बयान दर्ज किया, जिसमें प्रमुख थे—यदु सिंह, सुखदेव तिवारी, बबन तिवारी, देवेन्द्र सिंह, हरिहर यादव, हरकिशुनी देवी और लगनराम। दोनों पक्ष के परस्पर-विरोधी बयान थे। पुलिस के लिए किसी निष्कर्ष पर पहुँचना मुश्किल था। मगर गिरफ़्तारियाँ भी ज़रूरी थीं।

रोती हुई सुनन्दा भुनेसर से बोली, ''सुन रहे हो न भुवन! पुलिस की नीचता, जैसे हम दोनों ही बाबूजी के हत्यारे हों।''

भुनेसर ने कहा, ''सरकार की जनविरोधी नीतियों के कारण जैसे-जैसे जनता में असन्तोष बढ़ता जाता है, वैसे-वैसे राज्य की रक्षक सेना और पुलिस का कहर आम जन पर बढ़ता जा रहा है। जनता के लिए रोटी, कपड़ा, और मकान की व्यवस्था नहीं कर पाने वाली पुलिस जनता से नज़र मिलाने लायक़ नहीं रह जाती। इसलिए कभी धर्म-सम्प्रदाय, आतंकवाद और नक्सलवाद के नाम पर आम जनता को कुचलने लगती है। भारतीय पुलिस शुरू से, इतिहास है कि, यह सवर्ण सामन्ती समाज की अन्तर्मन से पक्षधर होती है। मुझसे तुमसे पूछ

चुकने के बाद देखती रहो कि पुलिस अभी कैसी–कैसी नौटंकी करने वाली है। हमें तो हत्यारे का पता चल गया, लेकिन पुलिस को अन्त–अन्त तक पता नहीं चलेगा।''

''चलो, हम लोग कुछ दिनों के लिए गाँव छोड़ दें?''

''तब तो पुलिस को पक्का शक़ हो जाएगा कि बाबूजी के हमीं हत्यारे हैं। अभी तक तुम्हारा भाई नहीं आया?''

''रंजन कभी नहीं आएगा। मैं जो इसके ख़ानदान में कुलटा निकल गयी हूँ। जाति–धर्म मनुष्य के सारे रिश्ते बदल देते हैं—यहाँ तक कि माँ की ममता और ख़ून के रिश्ते को भी मार देते हैं।''

दूसरे दिन यह घटना अख़बारों की सुर्खियों में थी—तिवारीपुर के समाज सेवी की निर्मम हत्या। पुलिस–सामन्ती गठजोड़ का परिणाम है यह समाजसेवी पं. बेनीमाधो की जघन्य हत्या। कहते हैं, बेनीमाधो जी की विधवा बहू सुनन्दा तिवारी मुखिया का ग़ैरजाति के एक नौजवान भुनेसर महतो से पुनर्विववाह हुआ था। भुनेसर कम्युनिस्ट कार्यकर्ता और रंगकर्मी है, जो युवा–नीति रंग संस्था का प्रभारी है। 'युवा नीति' पर जिला में नाटक और रंगकर्म करने पर वर्ष 1974 से ही प्रतिबन्ध था। पुलिस को फ़िलहाल सन्देह है कि पं. बेनीमाधो तिवारी की हत्या उनकी सम्पत्ति और बहू को हड़पने के ख़्याल से की गयी है। पुलिस सही अपराधी को पकड़ने के लिए छानबीन और अनुसन्धान में लगी हुई है।

सूचना है कि वहाँ की जनता ने लाश के साथ हज़ारों की संख्या में थाने का घेराव कर पथराव किया। पुलिस को बाध्य होकर फायरिंग करनी पड़ी है। किसी के हताहत होने की सूचना नहीं है। असामाजिक तत्त्वों की गिरफ़्तारी का अभियान जारी है।

पुलिस खोजबीन और अनुसन्धान से बचते हुए अपने पास पॉलीग्राफ, ब्रेन मैपिंग और लाई डिटेक्टर जैसे वैज्ञानिक उपकरणों के बावजूद इनका उपयोग नहीं करती और सामन्ती सोच पर आधारित अमीर–ग़रीब के भेदभाव को ही आधार बनाती है। आजकल तरह–तरह के

दबावों के कारण तनाव से गुज़रती पुलिस तफ़तीश के क्रम में आमतौर पर निर्दोष लोगों को ही थर्ड डिग्री यातना देने लगती है। आई. ओ. जाँच अधिकारी का शर्लक होम्स दिमाग जब अपराधी को पकड़ने में चूकता है तो अपनी अक्षमता को ढँकने के लिए आम जन पर थर्ड डिग्री टार्चर का इस्तेमाल करता है, आई. ओ. अमीर और सत्तावान लोगों के प्रभाव में किसी तरह नतीजा देने के लिए ग़रीब लोगों को पकड़ता है तथा उनसे जुर्म कबूल कराने के लिए थर्ड डिग्री टार्चर का इस्तेमाल करता है, जो किसी भी रूप में अमानवीय और असंवैधानिक है। तिवारीपुर थाना प्रभारी मुन्नीलाल पासवान ने हाई-फाई में रेकार्ड दुरुस्त रखने के लिए हरिहर यादव, हरकिशुनी देवी, लगनराम तथा चौकी रविदास को गिरफ़्तार कर चालान कर दिया और रिमांड पर थाने में हाज़िर होने का अधिकार अपने पास रख लिया। आई. ओ. तक ऐसे ग़रीबों की पहुँचने की क्षमता नहीं होती।

इलाक़े के ग़रीब जन के बीच सनसनी और दहशत फैल गयी। विधायक श्रीराम सिंह की दौड़-धूप किसी काम नहीं आयी। मुख्यमन्त्री से मुलाकात व्यर्थ साबित हुई, बल्कि मुख्य मन्त्री का बयान आया कि पुलिस अपने तरीक़े से अपना काम कर रही है। सत्ता की कुर्सी इधर नक्सलवादी गतिविधियों से ज़्यादा घबरायी है। धरना-प्रदर्शन को सत्ता विरोधी पार्टियों का राजनीतिक खेल मानती हैं। धरना-प्रदर्शन और हड़ताल के अतिरिक्त जनता के पास प्रतिवाद का दूसरा विकल्प भी क्या है?

दो-तीन वर्षों से तिवारीपुर पंचायत में विकास की जिस लहर ने अँगड़ाई ली थी उसे पुलिसिया कहर सत्ता की जन-विरोधी रणनीति के साँपों ने सूँघ लिया है। सुनन्दा और भुनेसर पंख कटे पंछी की तरह घर के पिंजड़े में फड़फड़ा रहे हैं। पता नहीं, कब सामन्ती हमले हो जाएँ या थाने से बुलावा आ जाए! 'संस्कृति भवन' में अस्थायी पुलिस बल कुछ दिनों के लिए आ गया है। तिवारी बाबा के दुश्मन उनके जीवन-काल में 'संस्कृति भवन' की तरफ ताकना पाप समझते

थे, उनका पुलिस के साथ मेल-जोल के कारण आना-जाना शुरू है। रात में 'संस्कृति भवन' में जश्न जैसा माहौल रहता है। यदु सिंह और सुखदेव तिवारी पुलिस बल के इशारे पर खस्सी, मुर्गा और बासमती चावल के बोरे के साथ हाज़िर हो जाते हैं। एक रात तो ऐसा हुआ कि खस्सी, चावल के साथ दो सिपाहियों ने दारू इतना चढ़ा लिया कि सुखदेव तिवारी के घर में नशे में धुत घुस गये और उसकी जवान पतोह के साथ छेड़खानी करने लगे। पतोह चीखने लगी तो पास-पड़ोस के लोग सुखदेव के आँगन में दौड़े, तबतक नशाखोर लम्पट सिपाही भाग चुके थे। सुखदेव तिवारी की औरत ने पतोह का जबड़ा दबा दिया, "जोर से मत रो-धो, हल्ला से अपनी बदनामी होगी। बड़कू की भौजाई हमारे खिलाफ घर-घर ताली पीटती चलेगी। चलनिया हँसे सुपवा के जा में बहत्तर छेद।"

मगर हवा के भी कान होते हैं। घटना आँगन के पार होती हुई गाँव में फैल गयी। कुछ लोगों को हुआ कि पुलिस कैम्प गाँव से हटाने के लिए एस. पी. से चलकर मिला जाए मगर यदु सिंह ने तिवारी टोले का जोश यह कहकर दबा दिया कि इससे भी बड़ी घटना गाँव में घटी तो नक्सलाइटों के घुसपैठ की आशंका है। जो ससुरे खुराफ़ाती थे उन्हें पुलिस पकड़ ले गयी मगर उनके लोग गाँव में शेष हैं। जदु सिंह का इशारा भुनेसर महतो और सुनन्दा तिवारी की तरफ़ था।

लेकिन बेनीमाधो पंडित की भौजाई ने बहुत दूर तक ताली की आवाज़ गुँजा ही दी कि "मेरे देवर की पतोह ने तो घर बसा लिया। नये जमाने में जात-पात कौन पूछता है। सुखदेउआ रोज कैम्प पुलिस की तेल मालिश करता है। खस्सी, बासमती और दारू पहुँचाता है और पुलिस को घर में बुलाता है। दो कौड़ी हाड़ी गयी, कुत्ते की जात पहचानी गयी। जो दूसरों पर हँसता है, उसी का घर नशाता है। घर से पतोहिया को निकाल बाहर कर दे तब समझें कि असल खानदानी है।"

हरिजन टोली, मेईरी टोली और अहीर टोली तो इतनी डरी है कि

सुनकर भी कानाफूसी नहीं चाहती। मगर हरिकिशुनी की सास जगन बुढ़िया कहती है कि "सबकी बेटी-बहिन गाँव-घर की इज्जत है। मुआ सिपाहिया की जवानी में पिल्लू पड़े। यमराज भगवान जल्दी उठाएँ कुकर्मी सिपाहियों को।"

सुनन्दा ने सोते समय भुनेसर से कहा, "तुमने कुछ सुना, भुवनजी?"

"सुना!" भुनेसर बोला, "लेकिन ऐसी घटनाओं से व्यवस्था के प्रति रोष होता है। हमारा सामाजिक अंग भी जब इस व्यवस्था का पोषक बने तो इससे बड़ा हमारा दुर्भाग्य क्या हो सकता है। गाँव की बेटी-बहू सबकी बेटी बहू है, लोगों को मिल-जुलकर दोनों सिपाहियों को बोटी-बोटी काटकर चील-कौवों में बाँट देना चाहिए था। गाँव को मिलकर पुलिस के ख़िलाफ़ आन्दोलन करना चाहिए। पुलिस गाँव में रक्षक के रूप में आयी है न कि भक्षण के लिए कि बताओ, सुनन्दा, गुंडा, अपराधी, बलात्कारी और इन सिपाहियों में क्या अन्तर है?"

सुनन्दा ने पूछा, "बात तो तुम लाख टके की कह रहे हो, मगर ये लोग तुम्हारा साथ देंगे क्या? उलटे तुम्हें फँसाने की कोशिश करेंगे। बाबूजी की हत्या, हरिहरजी और हरकिशुनी की गिरफ़्तारी गाँव में पुलिस कैम्प और सुखदेव तिवारी के घर में घुसकर पुलिस के द्वारा दुष्कर्म के लिए कौन ज़िम्मेदार है?"

इच्छा हुई जाकर सुखदेव तिवारी से राय ले पुलिस के ख़िलाफ़ आन्दोलन के बारे में। उसने पहले भुनेसर से राय ली। भुनेसर भी सहमत था कि सभी को साथ लेकर चलना चाहिए। वह उसी रात को सुखदेव के आँगन में आयी। सुखदेव बाहर ही सो रहा था। उसने आवाज़ दी। "बाबूजी...!"

"कौन?" हड़बड़ाकर उठा सुखदेव और उठते ही पूछा, "का बात है भुनेसर बहू?" उसने भुनेसर बहू ज़ोर देकर कहा।

लेकिन सुनन्दा को अच्छा लगा, उसने कहा, "बाबूजी हमें पुलिस के इस कर्म का विरोध करना चाहिए।"

सुखदेव जल-भुन उठा। जैसे वह उसके घाव पर नमक छिड़कने

के लिए आयी हो। वह बोला, "क्या चाहती है मैं भी तुम्हारी तरह अपनी इज़्ज़त का ढिंढोरा बजाता फिरूँ?"

सुनन्दा तो स्वभावत: विद्रोही थी। उसने भी ज़ोर देकर कहा, "आप लोगों को जो करना था वह तो कर ही दिया—एक नये ग्रामदेवता को नहीं रहने दिया। गति की धारा को विपरीत दिशा में मोड़ दिया। लेकिन हम चुप नहीं बैठेंगे। पुलिस-कैम्प को गाँव से बाहर जाना ही होगा।"

सुनन्दा वहाँ एक पल के लिए भी नहीं रुकी। उसके जाने के बाद सुखदेव दहशत में पड़ गया। अन्दर उसकी बहू दोनों की बातें सुन रही थी। उसे सुनन्दा की बातें अच्छी लग रही थीं। घरवाले उसे नैहर पठाने के फ़िराक़ में थे। उस रात की घटना उसके सामने नाच रही थी। उन दुष्टों ने उसे वस्त्रहीन कर दिया था। उसका नपुसंक पति भी आज तक मौन बैठा है। उसने कई बार उसे ललकारा था, "अरे दोनों में से एक को भी पकड़कर काट देते, तो मेरी छाती को सुकून मिलता। उलटे तुम मुझे नैहर पठाने पर लगे हो।" वह चुपचाव बिछावन पर पड़ी-पड़ी द्वन्द्व झेलती रही। ये लोग मुझे छोड़ने की तैयारी में हैं। मेरा मउगा मरद भी राजी है। मुझे उसी वक्त सुनन्दा को अपने घर में बुलाकर बात करनी चाहिए थी। मगर मन के सच को कब तक दबाया जा सकता है! उसी शादी के तीन साल हुए नहीं कि सन्तान के लिए डॉक्टर के यहाँ जाते-जाते ऊब गयी है। ऊपर से सास का दवाब है बेटा ही होना चाहिए। बेटी हुई तो कोख गिरवा दो। अब बरदाश्त से बाहर है। मरद भी निपुता घरवालों के नक़्शेक़दम पर है। उसने सोच लिया था किसी दिन कीटनाशक दवा खाकर मर जाएगी। मगर आज सुनन्दा उसके भीतर जीने का दीया जला गयी। उस दीये को बचाए रखने के लिए कुछ भी करने को तैयार थी। उसने अपने मरद से सुनन्दा का ज़िक्र किया तो उसने गुस्से में उस पर थप्पड़ चला दिया और ज़ोर से चिल्लाने लगा, "जा, तू भी सुनन्दवा की तरह रंडी हो जा। निकल साली कुलटा मेरे घर से।"

सुनकर पूरा घर इकट्ठा हो गया। सुखदेव ने पूछा, "क्या हुआ, बबुआ? पतोहिया को क्यों मार रहे हो?"

शोर सुनकर अपने आँगन से बड़की भौजी भी आ गयी थी। इसलिए सुखदेव ने शान्त मन से काम लिया, "बेटी-पतोह लतियाने के लिए नहीं होती। काहे बड़की भौजी?"

"ए सुखदेव, पतोह को बाहर भी घूमने दो। बेनीमाधो की पतोहिया के साथ उठेगी, बैठेगी तो इसे नयी बुद्धि होगी।"

"बड़की भौजी?" कड़के सुखदेव तिवारी, "उस बिगड़ैल का नाम न लो।"

इस बार पतोहिया ने हिम्मत की, "आपलोग मुझे नैहर पठाना चाहते हैं। मेरा कसूर क्या है? सिपाहियों को मैंने बुलाया था?"

सबकी बोली बन्द थी। पतोहिया बोलती रही। "इन लोगों की प्लानिंग मुझे नैहर भेजकर छोड़ देने की है।"

"ऐसी बात है का हो सुखदेव?" भौजी ने सवाल किया। सुखदेव चिल्लाया, "बड़की भौजी आप हमारे घर के मामले में दख़ल मत दीजिए। आप इसे बहकाने के फेर में हैं।"

उसी दिन रातोंरात पतोहिया को उसके नैहर पहुँचा दिया गया और लड़के की दूसरी शादी की तैयारी होने लगी। यह ख़बर उसके नैहर तक लग गयी। नैहरवालों ने सुनन्दा से सम्पर्क किया। सुनन्दा ने उन्हें पूरी तरह आश्वस्त किया कि वह किसी भी तरह यह शादी नहीं होने देगी आपलोग उसे किसी तरह अपने पास रखिए। आवश्यकतानुसार उसे अपने पास बुला लूँगी। सुखदेव की पतोह में विद्रोह की कलगी तो उसी रात फूट चुकी थी जब सुनन्दा उसके श्वसुर से बहस कर रही थी। वह उसी दिन संकल्प कर चुकी थी, मुझे सुनन्दा जी के मार्गदर्शन में एक-न-एक दिन जाना ही है।

उसके पिता गोबिन पांडे एक हाई स्कूल में शिक्षक थे। मैट्रिक तक पढ़ी-लिखी थी। लेकिन वातावरण नहीं मिलने के कारण उसके पढ़ने-लिखने का कोई मतलब नहीं था। चौखट के भीतर वह गाँव

की सामान्य स्त्री बनने की प्रक्रिया में ढल रही थी। तभी उसके साथ यह हादसा घटा और वह बदलने के लिए बेताब होने लगी।

गोबिन पांडे तिवारीपुर में परिवर्तनों और हलचलों से परिचित थे। किन्तु कोई नयी रुचि नहीं होने के कारण तिवारीपुर उनके लिए अख़बारी ख़बर भर था। पं. बेनीमाधो तिवारी से अच्छी तरह वाकिफ़ थे और उनकी हत्या एक सामान्य हत्या की तरह ही थी, जो आपराधिक वर्चस्व का एक हिस्सा भर था। वह आपराधिक वर्चस्व भी उनके ज़ेहन में सामान्य अर्थ की तरह था। उसके इतिहास-भूगोल से उनको कोई मतलब नहीं था। बेटी ने सुनन्दा से मिलने का प्रस्ताव रखा तो वे तैयार हो गये। वे गृहस्थ आश्रमी स्कूल मास्टर थे, इसलिए कहीं से विजनरी नहीं थे। मन में कहीं था कि शायद उस ग्रामीण सुनन्दा के माध्यम से सुसराल वालों के साथ कोई समझौता हो जाए, हालाँकि वे भी वही कदम अपनी बहू के साथ हादसे के बाद उठाते, जो कदम उनके समधी सुखदेव तिवारी ने उठाया था। एक दिन वे बोले, ''चल बेटी बासमती तुम्हारे ससुर-गाँव तिवारीपुर छोड़ आता हूँ। हमारे धर्मशास्त्रों में लिखा है बेटी कि बेटी का वास्तविक घर उसकी ससुराल है। अर्थी भी उसी घर से उठनी चाहिए। बाप के घर से अर्थी उठने पर पाप चढ़ता है।'' उसकी पुष्टि में संस्कृत का एक श्लोक भी बाँच गये थे। वे स्कूल में संस्कृत और हिन्दी पढ़ाते थे, इसलिए संस्कृत की जानकारी घर-बाहर बाँटते रहते थे।

एक दिन वे बासमती बेटी को लेकर बस से तिवारीपुर सीवान पर पहुँचे तो सूरज डूब रहा था। बिसरा के बाग़ से आगे गाँव के अन्दर की ओर बढ़े तो अँधेरे में एक कुत्ता खड़ा था, कोई आदमी-जन नहीं था जिससे बेनीमाधो का घर पूछते। फिर बेनीमाधो तो उनके समधी के गोतिया थे। पता पूछने पर ख़तरा था। उन्हें एक श्लोक ध्यान में आया कि दुख में, श्मशान में जो साथ दे वही सच्चा मित्र है। इस वीराने में वही कुत्ता उनका मित्र लगा। वे कुत्ते के पीछे-पीछे लग गये। वह कुत्ता एक घर के दरवाज़े के सामने खड़ा हो गया। ''यह

शायद चमारटोली है, बाबूजी।'' बासमती फुसफुसाई।

''राम, राम! किस नरक में यह कुत्ता हमें ले आया।'' उन्होंने गमछे से पूरे चेहरे को ढँक लिया।

''बाबूजी, ऐसा कीजिए, मुझे यहीं छोड़ दीजिए?'' बासमती ने कहा, ''ये लोग मुझे सुनन्दा दीदी के पास पहुँचा देंगे।''

गोबिन पांडे वहीं से लौट गये और रात होने के कारण समधी के घर चले गये। समधी पूछेंगे तो बता देंगे स्कूल के काम से शहर गये थे तो रात भर के लिए आ गये यहाँ।

अब बासमती काठ की तरह वहीं खड़ी रही। कुत्ता भी पांडे जी के साथ ग़ायब हो गया था। तभी एक आदमी लाठी लेकर घर से निकला और नज़र पड़ते ही पूछ दिया, ''कौन है, बहिनी?''

''मुझे सुनन्दाजी के घर जाना था। रास्ता भूल गयी हूँ।''

वह आदमी खुशी-खुशी बोला, ''चलिए, आपको मुखिया जी के यहाँ पहुँचा देता हूँ।''

बासमती हिचकी, ''नहीं आप हरकिशुनी देवी से मिला दीजिए। उन्हीं के साथ जाऊँगी।''

वह हरकिशुनी के घर छोड़कर लौट गया।

कुछ देर में हरिकिशुनी उसे लेकर सुनन्दा के घर आयी। उस वक़्त रात के बारह बजे थे। सारा पड़ोस मुर्दा सराय था। सुनन्दा और भुनेसर जगे थे। वे पढ़ रहे थे और बहस कर रहे थे। हरकिशुनी ने धीरे से दरवाज़ा खटखटाया। ''मैं दीदी, हरकिशुनी।''

कोई आशंका जानकर सुनन्दा ने सहमते दरवाज़ा खोला। वे दोनों अन्दर आ गयीं। बासमती ने उसके पाँव छुए, ''दीदी, मैं बासमती हूँ, सुखदेव तिवारी की पतोह।''

''तुमने अदम्य साहस किया है, बासमती।'' सुनन्दा ने समझाया, ''हमारी लड़ाई तुम्हारे श्वसुर के ख़िलाफ़ है। तुम्हें तन-मन से हमारा साथ देना होगा। और बताओ, ''हरकिशुनी, जेल के दिन कैसे रहे?''

"हम जितने दिन जेल में रहे, पूरे जेल को हिलाकर रख दिया।" उसने पूछा, "मेरे पति और हरिहर भाई की जमानत कब होगी?"

"जल्दी हो जाएगी।" सुनन्दा कहने लगी, "पुलिस कैम्प के ख़िलाफ़ हमारे आन्दोलन के पहले वे आ जाएँगे। इस बीच एक सामाजिक लड़ाई है।

"कैसी सामाजिक लड़ाई?"

"इस बासमती बहन की। इसका मरद दूसरी कर रहा है।"

"इनके रहते?"

"तब और क्या?"

"जाति-धर्म और देशप्रेम के नाम पर अबतक ख़ून-ख़राबा बहुत हो चुका, सुनन्दा।" भुनेसर महतो बताने लगा, "कोई भी दुनिया में ऐसी जाति, धर्म और राष्ट्र नहीं है, जिसने अपने ही कमज़ोर और असहाय लोगों पर अत्याचार और दमन नहीं किया है। गोरी नस्लवालों ने अपनी ही जाति के लाखों कमज़ोर और असहायों का नरसंहार किया है। जर्मनी, फ्रांस, इंग्लैंड इसके उदाहरण हैं। ईराकी-ईरानी शिया-सुन्नी मज़हब के नाम पर मरते-मरते आ रहे हैं। एक बंगाली मुसलमान को पाकिस्तानी इस्लामी रिपब्लिकन का राष्ट्रपति नहीं बनने दिया गया। इस्लामिक सेना ने मुजीबुर्रहमान और उसके परिवार और हज़ारों बंगाली मुस्लिम बुद्धिजीवियों का कत्लेआम किया। बौद्धकालीन प्राचीन मूर्तियों, स्मारकों को अफ़गानिस्तान, पाकिस्तान और कश्मीर में बमों से उड़ा दिया गया। बाँग्लादेश की लेखिका तस्लीमा पर मौत का फ़तवा जारी है। मेरा मतलब है सुनन्दा कि वर्चस्ववादी वर्ग अपने स्वार्थ के लिए अपने ही वर्ग के कमज़ोर लोगों के शोषण-दमन से बाज नहीं आता। जैसे तिवारीपुर में तुमने जो कार्यक्रम शुरू किया, वह इसी वर्ग के वर्चस्ववादी लोगों को नागवार गुज़रा, जिसका नतीजा है बाबा संहार और गाँव के पुलिस कैम्प द्वारा बासमती जी की आबरू की लूट। वर्चस्व की सामाजिकता के सामने ये सब कोई अर्थ या मतलब नहीं रखता, क्योंकि वर्चस्ववाले पुरुष समाज के लिए स्त्री मात्र भोग्या है।"

"हमें क्या करना चाहिए, भुवनजी।"

"इस व्यवस्था को, इसकी व्याख्या को बदलना होगा।"

इसी तरह विमर्श में रात काफ़ी गुज़र गयी। फिर वे भोजन-पानी के बाद सो गये।

एक पत्नी के रहते ही दूसरी शादी नाजायज़ है—इस आशय का पर्चा छपवाकर इन लोगों ने पंचायत और पंचायत से बाहर बँटवा दिया और लड़केवालों के यहाँ बासमती द्वारा चिट्ठी भेजवा दी। इधर बासमती ने कोर्ट में बँटवारे का केस कर दिया कि मैं सुखदेव तिवारी की पुत्रवधू हूँ। मेरे रहते तिलक-दहेज के लिए अपने लड़के की दूसरी शादी करने जा रहे हैं। इसलिए मुझसे पहले तलाक लेकर शादी रचाएँ तथा सम्पत्ति में मेरा हिस्सा अलग कर दें।

जब सुखदेव तिवारी को कोर्ट की नोटिस मिली तो तिवारीपुर की ब्राह्मणटोली में हलचल मच गयी। इस सवाल पर सुखदेव को अपने पक्ष का कोई गवाह नहीं मिल रहा था, यहाँ तक कि बबन तिवारी भी मुकर गया था। सुखदेव तिवारी अपने ही जाल में बुरी तरह फँस गया था। थाना प्रभारी मुन्नीलाल पासवान जो इन दिनों सुखदेव का कट्टर यार था, वह भी किसी तरह की मदद देने में लाचार था। वह अब तक यही जानता था कि धन किस प्रकार ऐंठा जा सकता है। धन के मामले में तो सुखदेव तिवारी के साथ यारी भी कच्ची थी। कहावत है, पुलिस से यारी नहीं होती। जो पुलिस का यार हुआ वह पुलिस का नकली यार होता है।

सुखदेव की ऐसी स्थिति थी कि ब्राह्मणटोली में कोई दिखावटी सहानुभूति दिखलाने वाला भी नहीं था। उसकी स्थिति आवारा कुत्ते जैसी थी। कोई उलटकर उसकी ओर ताकता भी नहीं था। जबसे बेनीमाधो तिवारी की हत्या हुई उस दिन से गाँव में मैना को किसी ने भी देखा नहीं। कुछ लोगों को तो सन्देह है कि तिवारी बाबा के हत्यारों ने मैना की भी हत्या कर दी है। सुखदेव को भी मैना की उस दिन की अनुपस्थिति से घोर आश्चर्य है। क्या सचमुच मैना ने

गाँव छोड़ दिया? बाहर निकलने पर सभी मुँह फेर लेते हैं तो पाँव स्वत: बिसरा के बाग़ की ओर बढ़ गये। भोरहरिया में रंगीला सिंह अपने बंगले से बाहर कुर्सी निकालकर बैठा-बैठा चिड़ियों के शिकार में अपनी निगाह पेड़ों पर अटकाए हुए था कि निगाह अचानक सुखदेव की ओर फिसल गयी, "पाय लागी बाबा, सबेरे-सबेरे आप भी किसी शिकार में निकले हैं का?"

"नहीं, बाबू साहेब" तिवारी जी बोले, "मेरी मैना की याद आयी तो उसी की खोज में निकल पड़ा। तुमने उसे कहीं देखा है?"

रंगीला सिंह ठहाका मारकर हँसा। "उसे देखता तो आपकी परवाह किये बिना उसे पकड़कर कच्चा चबा जाता।"

तिवारी तिलमिलाया। मन ही मन बुदबुदाने लगा। यह भी मेरी विपत्ति में मेरे ख़िलाफ़ बोलने लगा। तब यदु सिंह का क्या मिज़ाज होगा?

सुखदेव चिहा-चिहाकर पेड़ों को निहारने लगा, जैसे रंगीला सिंह से कुछ कहना चाह रहा हो। मगर रंगीला सिंह सिर्फ़ नाम का रंगीला नहीं था, कर्मणा भी था। उसने मज़ाक किया, "का हो सुखदेव बाबा पेड़-पौधा, चिड़िया-चुरूंग का शिकार करने का मंशा है का? मैना तो मेरे हिस्से में है। उसके गाने का कुँवर मैं ही हूँ। मेरे बाबूजी ने मैना का स्वाद लेने के लिए चूसने का तरीका मुझे सिखा दिया है। एक तिवारी बाबा तो पहुँचे सुरधाम, अब आप हूँ की लालसा है का?"

ऐंठकर रह गया सुखदेव। न सुखदेव में उससे मारपीट की हिम्मत थी, न गाली-गलौज करने का साहस था। बहुत नरम होकर कहने लगे। "काहे अपमानित करने पर तुले हो, बबुआ? इन दिनों मेरे भाग्य के दशा-ग्रह पर शनि सवार है।"

"बेटे का दूसरा विवाह कर रहे हैं शनि की कृपा से?" उसने व्यंग्य किया, "गाँव-घर के भोज की कैसी तैयारी है—खस्सी कि मैना-चिरई?"

सुखदेव वहाँ से ऐसा भागा, जैसे सुन-सुनकर उसका धर्म-भ्रष्ट हो रहा हो। सामने 'संस्कृति भवन' है, जिसके भीतर पुलिस कैम्प है। पीछे से धूल उड़ाती मुन्नीलाल दारोगा की मोटरसाइकिल आ रही थी। उसने सुखदेव को देखते मोटर साइकिल रोक दी। पूछा, "बेटे की शादी का न्यौता कैम्प को अभी तक नहीं मिला, न मुझे? यारी कट्टिम है का जी?"

"ऐसी गलती कैसे होगी, सरकार। कार्ड छप रहा है।"

"नोटिस-परचा पढ़े हैं?"

"कैसा पर्चा?"

"यही कि आपकी पतोह कोर्ट की शरण में मुक़दमा करने जा रही है। कैंप पुलिस पर भारतीय दण्ड संहिता की धारा 376 (बलात्कार) का मुक़दमा करने जा रही है। तनिक समझाइए।"

सुखदेव कुछ बोलता उसके पहले मोटरसाइकिल स्टार्ट हो गयी। सुखदेव बुरी तरह धूल में डूब गया।

घर लौटा तो बेटे से राय-मशविरा के लिए पास बुलाया, "कुछ पता है, बबुआ? तुम्हारी मेहरारू नैहर नहीं है, यही कहीं आसपास है?"

"कैसे मालूम बाबूजी?"

"दारोगा बता रहा था कि तुम्हारी पतोह ने पुलिस पर बलात्कार का मुक़दमा किया है।"

"उसको यह ज्ञान कहाँ से आया? उसका बाप तो संस्कृत पाठशाला से मध्यमा पास पोंगा पंडित है।"

"हमारे ख़िलाफ़ चारों तरफ़ इश्तहार बँट रहा है। वकील से राय लेने शहर जा रहा हूँ। तुम होशियारी से रहना, किसी के घर-दुआर जाना नहीं। सारे लोग दुश्मन हैं। कभी मुखियन से बतियाते हो कि नहीं? उससे टोह लेना शायद पतोहिया को उसी ने कहीं रखवाया हो।"

"आज ही किसी बहाने भेंट करूँगा। आप आराम से शहर जाइए।"

सुखदेव तिवारी शहर निकला तो उसका लड़का एक दरख़ास्त लिखने बैठ गया। माई ने पूछ दिया, "क्या लिख रहे हो बेटा?"

"माई", वह बोला, "सुनन्दवा से मिलने का बहाना लिख रहा हूँ।"

"उस रंडी से मिलोगे?"

"तुम्हें कुछ पता है माई?"

"किस बात का?"

"तुम्हरी पतोहिया यहीं कहीं गाँव में है।"

"हाय राम" माई ने माथा पीट लिया। "जरूर सुनन्दवा को पता होगा।"

"जाओ तब, मौक़ा पर दुश्मन का भी पाँव दबाना पड़ता है।"

लगभग शाम को वह सुनन्दा के घर गया।

"पाय लागी भौजी।"

पहले तो सुनन्दा अचम्भित रही। लेकिन औपचारिकतावश पूछा, "कैसे याद किया भौजी को, बबुआजी? आप तो पहली बार मेरे घर आये हैं, बैठिए।"

"भौजी", बैठते हुए वह बोला, "एक बार भइया के सामने आया था, जब वे जीवित थे। बड़का बाबूजी थे।"

"मुझे ध्यान नहीं है। लेकिन आपका आना इस कुलटा के लिए एक घटना है।"

वह चिहा-चिहा चारों तरफ़ देख रहा था। अचानक अपनी नज़र सुनन्दा पर केन्द्रित किया। आग की तरह दमक रही थी। वह भी क्षण भर के लिए मोहित हो गया। पूछा, "मेरी औरत, सुनता हूँ, यहीं कहीं गाँव में नैहर से आयी है। आप से उसकी मुलाक़ात है क्या?"

सुनन्दा को धक से लगा। लेकिन बासमती के बारे में छिपाती हुई बोली, "सुना तो मैंने भी है ललन बबुआ। मगर मुझसे भेंट नहीं है।

उसी के लिए आये थे क्या?''

''नहीं भौजी।'' उसके सामने दरख़ास्त पसारते हुए बोला, ''अपने इस काम से आया था। खाद-बीज के लिए दरख़ास्त है। इसे मुखिया की हैसियत से ही बीडीओ को रिकोमेंड कर दीजिए?''

उसने रिकोमेंड कर ललन को दरख़ास्त लौटा दिया। जब वह जाने लगा तो सुनन्दा ने टोका, ''पहली बार मेरे घर आये हैं। चाय तो पी लीजिए।''

खड़े-खड़े पूछा, ''भुनेसरजी नहीं दिख रहे हैं?''

''भुनेसरजी शहर गये हैं'' सुनन्दा ने बताया। हरिहरजी और लगनरामजी की आज जमानत होने वाली है। पुलिस उग्रवादी होने का आरोप साबित नहीं कर सकी है। आजकल पुलिस के लिए आसान है ग़रीब-गुरबा को उग्रवादी या आतंकवादी बता कर सताना। इनमें और सामन्तवादियों में कहाँ फ़र्क़ है?

मुँह बाये सब सुनता रहा ललन तिवारी। दो मिनट बाद बोला, ''अपना घर है, कभी आकर चाय पी लूँगा, भौजी।''

ललन कुछ कारणों से चाय पीना नहीं चाहता था, जैसे अछूत की चाय हो, चल दिया।

उसके जाने के बाद सुनन्दा और बासमती देर तक बतियाती रहीं। बासमती का मन ललन के ख़िलाफ़ नफ़रत से काँप रहा था, बोली ''जी में हो रहा था कि झाड़ू से लगातार उसे पीटती रहूँ।''

''तुम्हें इसकी ज़रूरत नहीं'', सुनन्दा ने समझाया, ''यह काम स्वयं उसका बिरादरी-समाज करेगा। तिलकोत्सव का दिन तो आने दो।''

''वह मेरा ही पता करने आया था।''

''मैं सब समझ रही थी। बाबूजी जैसे ग्रामदेवता के यही हत्यारे लोग हैं, बासमती।''

बासमती अपनी अज्ञानता पर चौंकी थी। इसी बीच उसी रात को भुनेसर भी हरिहर और लगन राम के साथ घर आ गया। खुशी में

सुनन्दा के दोनों हाथ अपनी छाती से लगाते हुए बोला, "मेरी सुनन्दा, इन ग्राम-नायकों के सम्मान में अपने हाथों बढ़िया भोजन कराओ?"

"जमानत मिल गयी?"

"नहीं मिलती तो आते कैसे?"

सुनन्दा ललन के बारे में बताती, इसके पहले बासमती के साथ भोजन की तैयारी में लग गयी। बीच-बीच में बासमती और ललन का प्रसंग भी आता रहा। भुनेसर कोर्ट का अनुभव भी सुनाता रहा तो लगनराम और हरिहर यादव की चिन्ताएँ पुलिस कैंप गाँव से हटाने को लेकर आन्दोलन की थी। लेकिन सभी को भोजन की गन्ध सता रही थी। भोजन के पहले यही तय हुआ कि आन्दोलन की रूप-रेखा तैयार कर पुलिस कैंप हटाने के लिए कलेक्टर के सामने विशाल प्रदर्शन किया जाय, जिसमें कम-से-कम पचास हज़ार प्रदर्शनकारियों की संख्या सुनिश्चित की जाए।

भोजन परोसने के बाद सुनन्दा और बासमती भी साथ खाने बैठ गईं।

उस दिन का रातजग्गा भी सार्थक रहा।

अगले सोमवार को कलेक्टर के सामने तिवारीपुर से पुलिस कैम्प हटाने के लिए क्षेत्र की जनता की तैयारी उफान पर है। उनका नारा है कि आतंकी और उग्रपन्थी कमज़ोर और असहाय जन नहीं, पुलिस बल है। ग्रामदेवता बेनीमाधो के हत्यारों को गिरफ़्तार करो? असली आतंकी यदु सिंह सुखदेव तिवारी पर सरकार मेहबान क्यों? स्त्री-अत्याचार के लिए ललन को गिरफ़्तार करो। बलात्कारी सिपाहियों को फाँसी दो, जैसे नारे एक सप्ताह से चप्पे-चप्पे में गूँज रहे। भय से यदु सिंह, सुखदेव तिवारी, ललन और रंगीला सिंह गाँव छोड़कर ग़ायब है। जन-सैलाब का पहला जत्था सोमवार के पहले रविवार की रात पैदल-पैदल शहर जुलूस की शक्ल में निकलने को तैयार है। पन्द्रह हज़ार लोग सुनन्दा, हरकिशुनी और बासमती की अगुआई में निकल चुके हैं। दूसरा जत्था बारह बजे रात के बाद भुनेसर महतो,

हरिहर यादव और लगनराम के नेतृत्व में निकलने वाला था।

अचानक बहुत दिनों बाद मैना की आवाज़ रात्रि के सन्नाटे को चीरती हुई गूँजी। उसके गीत सुन-सुनकर औरतें उसकी पंक्तियाँ दुहराती जंग के लिए चल पड़ीं। यदु सिंह, सुखदेव, रंगीला और ललन जहाँ छिपे थे, वहाँ मैना की बोली गोली की तरह उन्हें लगी। रंगीला सिंह ने हवा में बन्दूक तान दी। ‘‘साली की आज बलि लूँगा और अकेले कच्चा चबा जाऊँगा।’’ सारा बिसरा का बाग़ छान मारा इस मैना के मांस के लिए।

‘‘चुप रे कपूत?’’ यदु सिंह ने डाँटा, ‘‘गोली की आवाज़ हुई तो सारी भीड़ हमारी तरफ़ पलट जाएगी और मैना के एवज में हमारी बोटी-बोटी काट डालेगी।’’

पुनः सन्नाटा!

सुखदेव फुसफुसाया, ‘‘यह बासमती कौन नेता अचानक पैदा हो गयी है।’’

‘‘होगी कोई नक्सलाइट की औलाद।’’

ललन जान-बूझकर कुछ नहीं बोला। सुखदेव ने पूछा, ‘‘इस जमात में ब्राह्मणटोली का भी कोई शामिल है।’’

‘‘बहुत है, शायद दो-चार घर छोड़कर। शायद जग्गू पंडित का परिवार भी नहीं है। मन से हमारे साथ है।’’ ललन बोला, ‘‘और राजपूत टोली?’’

‘‘बहुत औरत-मर्द बहके हैं?’’

‘‘नान्ह-रेआन की संगति में?’’ सुखदेव डर के मारे थरथरा रहा था।

‘‘सबको मेरी शादी से खार है।’’

‘‘इसका मतलब हुआ, बारात के पहले पुलिस हम दोनों को तलाशेगी, मुन्नीलाल से दोस्ती अकारथ गयी।’’

‘‘पुलिस आजतक किसकी हुई है, जो हमारी होगी। यदु सिंह कहने

लगा, "हमारी खस्सी-पाठी अकारण गयी। बबनवा नहीं दिख रहा!"

"ऊहो डर से उसी गोल में पीछे से घुसिया गया है।" सुखदेव तिवारी कुर्ता के भीतर से किटकिटाकर जनेऊ खींचने लगा। "धर्म-जाति की गोलबन्दी में कहीं से चूक गयी है, बाबू साहेब?"

"ई बसमतिया कौन है, नान्ह-रेआन जैसी नामवाली?"

तब भी चुप रहा ललन बेटा। नाक बताने पर अपने ही बीच ख़तरा था। यह रंगीला सिंह पक्का रंगबाज़ है। कहीं उठवा लिया तब? सोनागाछी में बेचकर माल कमाएगा। ललन ने प्रसंग बदलने की कोशिश की, "बाबूजी तिलक का दिन आगे बढ़ाना होगा।"

"काहे?" सुखदेव ने पूछा।

"चार दिन शेष है। हम भागते फिर रहे हैं। इसी बीच लड़कीवाले के यहाँ चले जाइए।"

"कहीं पतोहिया वहीं पहुँची हो तब?"

"मुझे मालूम है वह वहाँ नहीं पहुँचेगी।"

"कैसे मालूम है?"

अब ललन यह कैसे बताये कि बासमती ही उनकी पतोह है। उसे ख़्याल आया जिस रात वह सुनन्दा के घर गया था उस रात साली उसी के घर में थी। उसी के साथ जुलूस की अगुआई में गयी है। नारेबाजी से भंडा फूट रहा है। अब अगर भेद खोलता है तो यदु सिंह बाप-बेटा उसके दुश्मन हो जाएँगे। रंगीलवा सीधे बन्दूक छाती पर भिड़ा देगा। बाबू को पीछे में सच्ची बात बता देगा कि बासमती ही उसकी मउगी है। माई को भी जरूर मालूम है। दीदी को भी मालूम है, मगर वह तो अपनी ससुराल में है।

बारह बजे के बाद दूसरे जत्थे का शोर बढ़ता जा रहा था। हाय बाप? इसमें बड़की माई की आवाज़ कहाँ से? उसने पूछा, "बड़की माई की बोली सुन रहे हैं, बाबूजी?"

सुखदेव बोला, सब सुन रहा हूँ। भौजी सब अपनी टोली को लेकर

आ रही है।

"चलो, भागो यहाँ से? किसी ने देख लिया तो अनर्थ हो जाएगा।" मैना फिर गाते हुए ऊपर से गुज़री। जैसे मैना उनका पीछा कर रही हो। "यह साली हमारा पीछा क्यों कर रही है। हमारा नमक खाकर हमीं से नमकहरामी?"

मैना उनके बहुत निकट आकर जोर-जोर से गाने लगी। वे बेचैनी में वहाँ से भागे। अनायास 'संस्कृति भवन' के पीछे आ गये। कैम्प कमांडर ने उन्हें देख लिया। उसने सन्तरी को इशारा किया। सन्तरी ज़ोर से कड़का, "हॉल्ट?"

रंगीला सिंह ने बन्दूक उधर फेंक दी। चारो समवेत बोले "दोस्त, सरकार।"

"आ जाओ," कमांडर बोला। "चोर की तरह कहाँ घूम रहे हो? कैम्प में डकैती का विचार है क्या?"

"यह क्या कह दिया माई-बाप आपने?" सुखदेव गिड़गिड़ाते हुए बोला, "हम तो इनके डर से भागे-भागे आपकी शरण में आये हैं।"

"पता चला है पुलिस को कि तुम्हारी पतोह नक्सलाइट लीडर बन गयी है।"

ललन का कलेजा धक-धक कर रहा था। उसी ने पूछा, "आपको किसने खबर की, सरकार?"

"थाना-प्रभारी मुन्नीलाल पासवान ने। सुबह ही बता रहा था कि बासमती ही सुखदेव तिवारी की पतोह है।"

चारों का ख़ून सूख गया था। "हमें छिपा लीजिए, सरकार।" चारों समवेत बोले।

"एक शर्त है, लेकिन।" कमांडर बोला!

"हुकुम कीजिए, माई-बाप!"

"जश्न के बहुत दिन हो गये। खस्सी-पाठी उठा लाओ कहीं से। सबके घर खाली हैं। आसानी होगी चुराने में।"

“ठीक है, सरकार? सुबह होने दीजिए।”

“सुबह जुलूस से बचा-खुचा किसी ने देख लिया तो? इसीलिए मुँह अँधेरे जाओ। अभी रात बाक़ी है। थोड़ी देर सामने के कमरे में आराम करो।”

चारों सामने के कमरे में घुस गये और बत्ती बुझाकर सो रहे।

खूब तड़के पुलिस कैंप की सेवा के लिए खस्सी-पाठी की टोह में निकले तो चमरटोली में सन्नाटा था। ‘संस्कृति भवन’ से ही मैना उनका पीछा कर रही थी। उसने रंगीला को कसकर ठोकर मारी की माथे में छेद हो गया। बन्दूक फँकते हुए बाग़ की ओर बाप-बाप करते हुए भागा। मैना भी उन तीनों के साथ उसी ओर भागी। हल्की ठोर उन तीनों की कराह के लिए मारी। वहाँ दर्जन भर पंछी जैसे पहले से सोच-विचार कर बैठे हों। रंगीला सिंह दर्द से बड़बड़ाता रहा, “ओ मेरी बहना...आज से चिरई-चुरूंग और आदमी का भक्षण त्याग रहा हूँ।...” अचानक सभी ने एक साथ उन पर हमला बोल दिया और देखते-ही-देखते उन्हें लहूलुहान कर दिया। चारों ज़मीन पर लोट-लोटकर छटपटा-छटपटाकर चीख रहे थे। मगर उनकी सहायता के लिए कोई वहाँ नहीं था। वातावरण में नारे और गानों की अनुगूँज थी। चिड़ियों का हल्लाबोल था। सुनन्दा-भुनेसर के गीत थे। उनकी कराह भी अब शान्त थी। प्राण उनका साथ छोड़ चुके थे। स्पन्दनहीन लाशें लेटी थीं। उनका टघरता ख़ून ज़मीन पर फैला था और सूरज की रोशनी और आँच से ख़ून काला पड़ता जा रहा था।

मैना अपने चिड़िया साथियों को गाना सुना रही थी... “राजा मरलें आसमान में...।”

□□□